小文艺·口袋文库

小说

成为你的美好时光

正当防卫

裘山山

目录

正当防卫
...001...

无罪辩护
...069...

正当防卫

一

小通清楚地记得,他们的货车到达成都时,天已经黑透了。因为下着雨,哥哥小普又睡着了,所以他把驾驶室两边的窗户都关得紧紧的。透过不太明亮的玻璃窗,他看见雨丝被霓虹灯照得闪闪烁烁。这个城市可是比他的家乡西宁繁华多了,即使是下雨,街上的人也不少,许多商店还开着门。

刮雨刷来回摇摆着，让小通觉得倦意浓浓。他们已经在路上连续奔波两天了。两天来日夜兼程，小通开时小普睡，小普开时小通睡。当然，小通睡的时候多一些，哥哥总是照顾他。下午他们赶到了距Ａ市80公里处的新民镇，本来应该好好睡上一觉，明天再进城。按照合同规定，他们只要在明天之内将货物送到Ａ市的天龙贸易公司就行了。可是他们这辆黄河牌大卡车，早上7点以后就不能进城了。为了不耽误时间，他们只能在今夜进城了。

小通和小普是兄弟两个，西宁人。都在西宁一家国营毛纺厂当司机，给厂里开货车。本来只是小通在厂里干，去年哥哥小普从部队复员回来后，一直找不到工作，母亲就带他找了厂里。母亲是厂里干了20多年的老工人，说起来父亲也是厂里的老工人，只是已经去世了。厂长为难地说，不是我不想要他，厂里现在的情况，实在是养不起那么多人哪。那时候他们厂已经拖欠了工人好几个月工资了。母亲说，那我退休吧。厂长不说话。这样，不到50岁的母亲,就办理了提前退休的手续,小普进了厂。

其实厂长是很乐意要小普的,他知道小普在部队就是驾驶员,而且开的是青藏线,驾驶技术没得说。除了驾驶技术,小普在部队还当过班长,有些能力,又见过世面。他们厂这样素质的工人不多。所以这次长途送货,厂长就让他们两兄弟搭档来了,厂长知道这是件比较棘手的事,一个人不行。

小通觉得此行责任重大。临来时不光是厂长再三嘱咐,就是母亲也唠叨了半天。母亲说,厂里的工人们都眼巴巴地等着他们呢,这一车货20多万呢。厂长告诉他们,他已经给这边的公司打过电话了,公司经理说,等货到了之后,他会连同上次的货款一起付给他们。但厂长担心地说,他恐怕不会那么痛快,两笔款一起给?玄。能给一笔就不错了。所以,厂长神情严肃地说,有一点你们记住,如果他们不把上次的款付了,这次的货就坚决不给他。我们不能再上当了,再上当我们厂就垮了。

小通把这话牢牢记在了心上。说实话,如

果没有哥哥同行,他是不敢来执行这个任务的。他最怕和那些花花肠子的人打交道。以前他也为厂里送过货,但以前送货简单,送到了,对方签个字,账很快就划过来了。他需要付出的只是体力上的辛苦,而不是脑子。现在可好,还得有心计有智慧才行。幸好有哥哥,哥哥在外当过5年兵,比他有见识。为了给自己壮胆,小通临走的时候,特意带上了他那把锋利的藏刀。

眼看着地址上说的马甲巷就要到了,小通连忙叫醒小普。

小普一听说到了,立即睁开眼,拍打着自己的脸颊,振作起精神。几天来的辛苦,就看今晚了。他摇下窗户,仔细看着那些门牌号码,终于看见其中一个大门上写着马甲巷24号。大门很破,路灯下,一个白色长木排上写着天龙贸易公司的字样。木牌已经被雨水淋得湿透了,像哭了很久的样子。

他们将车开进院子,院子里的一个小楼亮着灯。小普嘱咐小通说,你在车上等着,我下去找人。跳下车他又回身嘱咐道，记着，我没拿到货款之前，不准他们下货。小通用力地点点头，还摸了摸别在腰上的刀。他想，他们敢，他们要是来硬的，我就把刀拿出来。

小普还没走到楼前，就看见两个男人从楼里出来了，一高一矮。

其中那个矮个子男人满面笑容地说，你是西北毛纺厂来送货的吗？小普说是，请问你是天龙贸易公司的吗？男人说是。旁边那个大个子说，他是我们王经理。小普就和王经理握手。王经理热情地说，一路上辛苦了，先到办公室坐坐，喝两口热茶吧。小普听到这话心里一暖，立即想起了青藏线上的那些兵站。兵站里的兄弟们就这么说。他回头看看卡车，有些犹豫。王经理说，车上还有个师傅吧？一起去一起去。小普说，那是我弟弟。王经理说，快让你弟弟下车来休息休息。你放心，货进了这个院子就安全了。小普听到这么热情的像自家人一样的话，就回转身叫上小通，一起上了楼。

兄弟俩随着王经理来到办公室。小普一打

量,感觉这是个极其简陋的办公室,与他们门口挂的牌子很不相称。什么贸易公司,简直就像个小作坊。小普想,看上去这个公司还不如他们厂呢。心里不免有些打鼓了,警惕性又提起来。

喝了两口热茶,王经理说,你们这次拉来多少牛绒毛衣?小普拿出了货单,还有新货样品的照片。王经理一看,高兴地说,好,好,我们正等着这批货呢。这样,我让职工们马上卸货,卸了货你们好去休息。小普说,不急,王经理。咱们还是先办手续吧。王经理说你看,这么晚了,会计都下班了。小普说,可是临来前我们厂长不是在电话里和你说好了吗?你说这次的货款和上次的货款一起付清。王经理说,是是,两批货款一起付清,我说过这话。但不是现在。这样吧,明天。小普想想说,明天也行,那我们就先把货拉走,明天划了款再拉来卸。王经理停了一下,笑笑说,其实我的意思是,把这两批货都销掉以后再一起付款。你们厂长可能听岔了。小普一听,知道他要耍赖了，马上说，如果不能两笔货款一起付，那也至少要付清前一次的，否则我们这批货就不能再给你们了。

王经理一听愣了，过了一会儿他哈哈笑道，货款我们是肯定要付的，一分也不会少，有合同在那儿管着呢。可是，我们上一批货发出去后，好多买主一直没把钱给我们，我们也是债主啊，我们也难啊。账上没有钱。这样，等这批货销售掉了，我们一起付吧。小普说，那不行。我们厂长说了，上次的货款不付清这次的货就坚决不给，不然我们厂的工人这半年都白干了。王经理说，现在我是真的拿不出钱来。小普说，你现在拿不出，我把货给了你，你下次不还是拿不出来？王经理说，不不，下次肯定能拿出来。如果下次那些买主再不给我钱，我就是把公司砸了卖了，也会付清你们货款的。我以人格担保。站在旁边的那个大个子男人也说，对对，我们王经理从来说话算话。

小普越听越不对劲儿，显然这个公司是要赖账。他马上站起来说，不行。你不知道，我们厂的工人都在等着这笔钱发工资呢。我们那儿天气已经很冷了，很多家过冬的煤还没买。王经理急了，你看你这个人怎么认死理？难道你这么远来，还能把东西再拉回去不成？这样吧——王经理拉开抽屉，拿出一个信封，说，你们两个路上辛苦了，这个先给你们俩，你们这两天在成都逛逛，买些东西。不想买的话也可以马上回家，这钱够你们过一冬的。

小普用手一挡，说，不要这样。我不会同意的。

王经理的脸色有些变了。那个站在旁边的大个子男人说，王经理，下面人都等着呢。小普沉下脸说，如果没有我们的同意你们就强行卸货的话，是抢劫。

王经理哈哈一笑说，抢劫？有合同，你这就是给我送货呢。

小普说，那你就试试看！

在王经理和小普谈话的时候，小通困得差不多要睡着了，忽然听见哥哥的声音不对，一下子惊醒过来。他马上站起来，站到哥哥身边，说，哥，咋了？小普说，他们不给钱，还想要咱们的货。小通马上说，他们敢！老子和他们拼！

王经理马上堆起笑容说，嗨，你们何必这么死心眼儿呢，来来，咱们再好好商量一下。他一边说，一边给旁边那个大个子男人使了个眼色，大个子男人离开了房间。王经理拿起热水瓶，说，来，再喝点儿水。你们两兄弟长得还是真是像呢。

小普没理他，站起来冲到窗边一看，几个影子正朝他的黄河大货车走去。他大叫了一声，小通，快，他们要抢咱们的货了！

兄弟两个立即冲下楼去。

二

这天晚上欧阳明明觉得有些心烦。

本来她是说好晚上回家吃饭的，丈夫挺高兴，电话里说，已经专门弄了几个菜，因为今天是周末。可是快到家时，她在车上接到林力的电话，林力在电话里又哭开了。虽然这样的哭她已经听了许多次了，知道不会有太大的事，可是每每听见，欧阳明明还是着急。她想肯定又是因为那个男人的事。她只好给丈夫打了个电话，说有事不能回来吃饭了。丈夫在电话里半天不说话。她知道他一定拉下了脸，但没办法，她只好假装不察觉。

她关了电话，调转车头，去林力那儿了。因为林力不仅是她的当事人，还是她的女友，她不可能不管。

正下着雨。欧阳明明最怕下雨天开车了，刚学会开车那会儿，她曾经在下雨天出过一次车祸，追了人家的尾。赔了不少钱不说，还赔进去很多时间和心情。现在尽管她的技术已经不差了，但逢上这种天气，她还是小心翼翼的。

等赶到林力家时，欧阳明明发现林力已经止住了哭，坐在那儿发呆。也不知她是怎么止住的，大概是哭累了，需要休息。不过眼睛还是红红的。

欧阳明明说，怎么啦？他又怎么你啦？林力摇摇头，说，今天和他无关。欧阳明明说，和他无关，难道还有别人？你有事可别瞒着我。林力还是摇头，说，今天和任何人都没关系，是我自己心情不好。

欧阳明明松了口气，同时有些心烦，说你这倒是好，心烦就叫我，我可是又把老公给得罪了。林力说，对不起，真对不起，我实在是没人说，我怕今晚会过不去。欧阳明明想，没有过不去的，几百万的财产还没有到手呢。不过欧阳明明这念头一出，马上就感觉不好，不该这么去想朋友。

林力给欧阳明明倒了杯白开水，她知道她晚上只喝这个，然后又坐下来。

欧阳明明喝了水，耐下心来问，说吧，到底是因为什么？林力说，可能是因为下雨，觉得特别孤单，看见人家都急匆匆地赶回家，我却恨不能有个理由离开家，离开这个空空荡荡的房子，这种空荡简直要把我逼疯了……我又不是什么坏女人丑女人，为什么就没人爱我疼我……林力说着说着，眼泪又要下来了。

欧阳明明连忙劝说，你不过是运气差，碰上个没良心的男人。别想那么多，把眼下这件事解决了，好好找一个。这回我帮你把关，一定找个好男人。林力抽噎着说，上哪儿去找好男人？这世上有没有好男人？欧阳明明说，是啊是啊，像你这样的好女人，再怎么找，也是鲜花插在牛粪上。林力扑哧一声笑出来。

欧阳明明见她笑了，松口气，说，那件事，你后来问他没有？林力说，问了，他说他还需要考虑。欧阳明明忍不住骂道，这个滑头！

欧阳明明回到家，已是 11 点多。屋里黑了灯，连门厅的灯都黑着。欧阳明明知道这表明丈夫生气了。否则的话，他会亮着门厅的灯等她。

丈夫现在是越来越爱生气了。

欧阳明明叹口气，走进卧室，丈夫像是睡着的样子，躺在那里不动。欧阳明明知道他没睡着，主动找话说，今天睡这么早？丈夫不吭声，但翻了个身。欧阳明明有些心烦地说，你有什么不满你就说出来嘛，别这样闷着。

丈夫腾地一下坐起来，火山爆发般地说，我能有什么不满？就是有，你会在乎？

欧阳明明耐心地说，我也没办法，我也不想在外面。

丈夫说，你算一算，你这星期在家吃了几顿饭？一日三餐，一周七天，你在家吃了几顿？连早餐加起来都不到五顿。你说我们这个家还像家吗？

欧阳明明一声不吭。她知道这样的架她永远也吵不赢。她没理。但问题的关键在于，她是为了什么不在家吃饭？是为工作！丈夫却不管这一点。她当初选择当律师时，就跟丈夫打过招呼，这是一个非常繁忙的工作，而且越是成功的律师越忙。最初几年他还比较支持，这些年是越来越不耐烦了。

扪心自问，欧阳明明不是那种挣了钱就趾高气昂的女人。而且自从她挣的钱大大超过丈夫之后，她对这个问题变得格外小心。比如买房子时，她总是说，咱们可以一次付清,或者说,依咱们的条件,可以买更好一些。总是"咱们咱们"的。她从来不会说,这个钱我来付好了。但无论她怎么谨慎,仍是一不小心就让丈夫不高兴了。丈夫动辄就说,反正钱是你挣的,你愿意怎么样就怎么样。这让欧阳明明十分为难。

欧阳明明想,怎么女人比男人能干,就像犯了错误似的?而男人比女人能干,却可以神气活现、为所欲为?

为了避免和丈夫继续争吵,欧阳明明离开卧室,去了书房。反正她还有两个文案要写。本来无论再忙,只要晚上在家,她总是会陪丈夫看看电视,说说话,谈谈孩子。现在显然是没有这个气氛了。

窗外在下雨,雨丝从纱窗飘进来。欧阳明明连忙去关玻璃窗。打开纱窗的一瞬间,冷冷的雨丝一下吹拂到了她的脸上。真是立秋了,雨这么冷。她又想起了林力的话,下雨让她倍感孤单。欧阳明明倒是没有时间感到孤单,她想到林力。

林力的悲剧在于，漂亮而又聪明。如果她只占一样，情况会好得多。10年前她认识了一个男人，一下子陷了进去。那是个有家室的男人，还是一个有产业的男人，她却义无反顾地跳下去了。她的聪明和漂亮也让那个男人对她穷追不舍。她进了男人的公司，帮他打点生意，他们的合作简直就是珠联璧合，公司的生意越来越火。那个时候林力觉得生活对她是厚爱的，她有爱情，有事业，还有钱。

　　可是。

　　欧阳明明觉得"可是"这个词，是个从正面走向反面的词，一出现就没好事。

　　可是林力的美满生活却在一年前濒临死亡。去年他们的事终于被男人的妻子知道了——也许她早就知道？10年的时间，林力一直在公司里，她不可能不察觉。尽管她是个家庭妇女。她得知丈夫有个得力助手，这个助手不仅能干还非常漂亮，不仅漂亮还非常多情。不管她是何时知道的吧，反正去年她以此发难，要男人做出选择：要么和林力分手，要么和她离婚。而那个时候，他们公司的资产已上了3 000万。男人知道一旦分手，有1 000多万就该归他的老婆，不管他对老婆的感情如何，这都是打死他也不愿意的事。

于是他选择了和林力分手。

其实选择分手还有一个原因，这是欧阳明明分析出来的，就是来自孩子的压力。在林力进入男人公司帮他的时候，他的三个孩子分别是7岁、9岁、11岁，而现在他们都分别多了一个10。也就是说，在林力一心一意帮男人打点公司的时候，男人的结发妻子在家中将他的三个孩子养大了，使他们这个家庭多了三个成年人。这三个成年人都不可能欢迎林力的存在——不管林力为这个家庭做出了怎样的贡献。

这对林力的打击是巨大的。尽管男人说他对林力还是很有感情的，所谓分手，就是让林力离开公司，并不等于感情上的分离。但聪明的林力已经感觉出男人对她的厌倦，对她的不在乎，他们的关系早已不是10年前了。一旦她离开了公司，对他事业上不再有帮助，他根本不会再理她。林力知道在这种时候，靠所谓的爱情是根本无法挽回了。而轻信男人的她，从来没想过会有这一天，毫无防备。感情上没有防备，经济上就更没有了，作为一个对公司举足轻重的人，她竟一直没有在公司里占有股份，只是拿高薪而已。也就是说，她一直是男人的高级打工仔，男人随时可以炒她的鱿鱼。

林力在彻夜地流泪之后，彻夜地悔恨之后，答应了分手。但提出的条件是，给她500万。她想只要有了这笔钱，她就可以另起炉灶，重新干起来。没有了爱情，她得有事业。否则她会垮掉。

男人哪里肯？男人说老婆那里通不过。他还价说最多100万。林力不肯。且不说林力对公司的贡献，要500万一点儿不过分——那不过是公司财产的六分之一，单就是为了心理平衡，林力也得要500万。男人不让步，林力只好打出一张牌，她说如果他不答应，她不会把她手头保管的那些公司账目退还给他。林力是公司的总会计师。那些账目的重要，只有他们俩明白。

这下男人急了，答应考虑。

欧阳明明就是在这个时候介入到此事中来的。林力来咨询她，征求她的意见。她当然是支持林力的，她太知道林力对这个男人付出的是什么了，林力从30岁帮他，帮到40岁，这期间男人还花过心，林力却一心一意，没有过任何别的念头。到头来竟是如此。所以就是林力能咽下这口气，她都咽不下。她帮她出了不少点子，这些点子让男人越来越为难了。

但男人仍在拖延。而且由于撕破了脸皮，他们之间的关系已经很僵了，说话时再也找不到从前的一点温情，有时连起码的客气都没有了。这让林力很受不了。她老是回想从前的事，老是觉得这个男人不是她爱过的那个男人，老是觉得她不该遭受这样的命运。

她这样痛苦，欧阳明明就轻松不了。欧阳明明一想到她的事，就觉得想叹气。相比之下，自己有个稳定的婚姻，虽然缺少激情，总还是免受许多罪呢。

这时电话响了。欧阳明明赶紧接,怕吵了丈夫。

是林力。

林力说,刚才他来电话了,约我下周一谈。

三

天亮时小通醒过来。

他是被噩梦惊醒的,梦里他看见哥哥满脸是血,他扶着哥哥跑,后面的人拿着亮晃晃的刀紧追不舍,他想跑快些,却怎么也用不上劲儿……哥哥要回去看他们的卡车,他们刚走到卡车那儿,车上忽地跳下几个拿棍棒的人,一下子就把他吓醒了……

他的心咚咚直跳,额上还有冷汗。他想抬起手来擦,才发现自己的手已经被铐住了。而且脸上火辣辣的疼,那是被警察扇的。他被抓了!他成了犯人!小通感到无比恐惧,前所未有的恐惧。一切都发生得太突然了,像一场噩梦……

可这不是梦，是真的。现在他真真切切地被铐在派出所里。

恍恍惚惚，他回想起昨晚的情形来。当时他和哥哥正在办公室和那个该死的王经理交涉呢，一帮人就在楼下抢起他们的货来。哥哥从窗口看见了，一边跑一边大声喊：不许动我们的东西！谁也不许动我们的东西！

没人理他。几个人在那个大个子男人的带领下，正在车后解卡车的帆布篷。然后那个大个子男人就爬了上去。小普冲上去拽他，却被那个男人用脚一踹，踹倒在地上。小通跑上去扶他，小普大叫道，快，快拦住他们！

小通就不顾一切地冲上去，将那些想爬上车卸货的家伙一个个地拽下来。可是他们人多，小通拽了这个，那个又上去了。帆布篷被打开，一包包的货扔了下来……小通又冲上去，但马上被两个家伙拽到一边，一阵的拳打脚踢……

这边小普也急了，他爬起来再次冲上去，爬上卡车，扭住那个大个子男人，两人厮打成一团，一起摔下卡车。小普的脚摔伤了，站不起来，他就死死拖住那个大个子的腿不放。大个子被拽得动弹不得，回转身骂骂咧咧地将小普提溜起来，另一个家伙趁机抬起小普的脚，两人恶狠狠地要把小普往地下摔……正跟别人打成一团的小通，忽然听见哥哥大叫一声，回头一看，顿时急了眼，从腰里拔出藏刀就冲了上去，他发疯似的对准大个子的后背猛刺，大个子晃了两晃，回过头来揪住了他的衣领，他又刺了一刀，大个子终于倒在了地上……

小通拔出刀气咻咻地大喊道：谁再动？谁再动我就杀了谁！

几个卸货的人立即被吓住了，傻站在那儿。

王经理一看连忙大叫，打死人了，快报警！

小通把哥哥从地上扶起来，说，哥，咱们赶快走。

小普却摇摇头说，咱们不能走了。

……

前后不到 10 分钟的时间，小通还没完全弄明白是怎么回事，惨祸就发生了。

不知道哥哥怎么样了，昨晚他被警察带走时，哥哥还坐在地上，站不起来，哥哥只是大声叫，小通，别怕，哥哥会救你的。那个大个子趴在那儿一动不动，地上全是血，不知是死是活。小通没想到自己会杀人，无论如何没想到，他只是急眼了，大脑里一片空白。这下怎么办？不但没拿到货款，还闯下这么大的祸。

昨晚他被带回来时，王经理和另两个天龙公司的人也一起跟过来了，他们跟警察说了一大通，意思就是说他们兄弟两个先动手，还用刀杀死了人。他们把那把刀交给了警察。小通急得大叫。一个警察很不客气地朝他吼道，你叫什么叫？还没轮到你说话呢。那刀是不是你捅的？他说是。警察说，那不就得了？你叫什么？难道我抓你还抓错了？小通说，我又不是平白无故地捅他，是他打我哥，往死里打！还抢我们的东西！警察说，抢东西？你不就是来送货的吗？经济上的纠纷让你们老板来解决，你打架干什么？居然还带凶器！一点法律观念都没有。你这种亡命徒就只能我来解决了。你以为我想解决你吗？我巴不得天下太平。

小通不再说话。他知道那个警察不高兴，他听见在车上时他和另一个警察说，真他妈倒霉，一上班就遇见个命案。好在另一个年纪大点儿的警察态度要温和些，他叫小通不要急，先在一边儿蹲着，一会儿会轮到他说话的。

好不容易轮到他说话了。

警察先问他的名字年龄住址等等，小通很急，反复跟警察强调，事情的起因就是对方不经他们同意就强行卸货，是对方先动手，他们只好动手。可是那个警察盯着他不作记录，两个警察还互相看看。大概是他的西北口音他们听不懂？后来那个年纪大点儿的警察说，你别这么大声吵吵，说慢点儿。小通就重新开始说，尽量想说慢，可说着说着又急了，又大喊大叫起来，他实在是觉得冤枉。年轻警察不耐烦了，打断他说，行了你别嚷嚷了，这样，我问一句你答一句。

警察问，你们是不是给天龙公司送货的？

小通说，是。

警察又问，天龙公司的人要卸货你们不让卸，是不是？

小通说，是。因为我们厂长说……

警察说，我没问的你不要说。

警察再问，死者和你哥哥打起来了，你就去帮你哥，拿刀捅他，是不是？

小通一听"死者"这个词，明白那家伙真的死了，他一下又急了，又开始讲事情的经过。警察大吼一声：不许嚷嚷，你就回答说是不是！我再问一遍，那一刀是不是你捅到死者背上的？小通只好说，是。但是说完"是"小通又开始解释，他为什么要拿刀捅他，他觉得这个警察偏心，最重要的事都没弄明白，他们并不想打人，更不想杀死人，他先被他们打得鼻青脸肿，难道他看不见吗……可是……警察似乎并不想弄明白，他很生气，脸涨得通红，终于忍不住破口大骂起来，用他们西北最脏最粗的话，骂那个警察不长眼。

那个年轻警察冲上来就给了他一耳光，然后踹了他好几脚，说你小子杀了人还这么猖狂！你给我放老实点儿，你这种人我见多了！

年轻警察一边骂一边把他拖到墙角，铐在长椅的腿上。小通急了，他大喊大叫，并用头朝墙上撞，一边撞一边继续破口大骂。这回他骂的是那个王经理，可是警察听不懂，还以为在骂他们。年纪大点儿的那个警察也不耐烦了，走过来和年轻警察一起收拾他，吼道，你发什么神经？你要是再不老实，我们就给你铐到厕所里去！赶快把该回答的问题都回答了，免受皮肉之苦。

小通被他们收拾得终于软下来，说，我哥呢？我要见我哥！警察说，你哥已经送到医院去了，脚摔断了。小通一听，愣了一会儿，呜呜哇哇地哭了起来。

小通想，这是什么事儿啊，累了那么多天，好不容易把货送到，还来不及睡个好觉，就突然成了乱糟糟的一团。东西被抢了，哥哥受了伤，自己竟还欠了命债！简直就是一场噩梦。疲劳，伤心，绝望，种种不良的情绪搅和在一起，让小通的脑子成了一团乱麻。

他想，现在只能等哥哥了，也许哥哥会告诉厂里，厂长会来救他们。他们是为了厂里的财产啊！

后来，那两个警察终于问完了，把门锁上，走了。他坐在地上，地上又潮又凉，因为太疲倦了，他渐渐迷糊起来，终于睡着了。

其实这天夜里，哥哥小普就在外面。一个警察把他送到医院，简单包扎了一下之后，就带到派出所了。作完笔录，警察说他可以走了，但他不肯走，要见小通。警察说那是不可能的，他不是一般的案，是命案，要等第二天正式收审了再说。

小普就在派出所的大门边靠了一晚上。

天亮时，那个送他去医院的警察见他还没走，就好心过来对他说，如果你们确实有冤情，就赶紧去找律师，我们这里不能解决问题。我们只会把案子移交到检察院。他知道小普是才从部队上退伍回来的。他也是。所以有些同情他。小普说，无论如何，你让我先见一下弟弟，他没经过事，又是个犟脾气，我怕他沉不住气，在里面闹事。那个警察想了想，同意了。

小普看见小通时，简直不能相信自己的眼睛。一夜之间，弟弟成了这副模样，额头上一块青紫，眼睛红肿，手上戴着手铐。关键是他的眼神，完全傻了一样。小普拖着伤脚一瘸一拐地走过去，小通一看见哥哥这副模样，什么话也没说，眼泪就流了下来。小普反复安慰他说，小通你别急，哥一定救你出去。你千万别急。

好一会儿小通才开口说，你给厂长打电话没有？快让厂长来救咱们。

小普说，我还没打，事情还没有眉目呢，我怕说了妈会急。

小通说，可是你不叫厂里来人，咱们在这儿人生地不熟的，怎么办哪！

小普说，再怎么人生地不熟，它也是有法的。我就不信这法还认生。

小通说，那个警察说了，说一千道一万，是我把人杀死的，我就得坐牢。

小普说，不。谁叫他们先动手抢东西？谁叫他们先动手打人？我们是正当防卫，这个我懂。小通，你现在要做的，就是在里面好好待着，千万别闹事儿。警察问什么你就老老实实地说什么，别闹，千万别闹，你越闹，吃的苦头就越多，明白吗？

小通点点头。他相信哥哥，他也只能指望哥哥了。

小普见了小通，心里踏实一些，就一瘸一拐地走了。他想，他要做的第一件事，是去看看他们的货还在不在。第二件事，是去找律师。那个警察说得对，必须找律师。他不相信在异地他乡，就不能依靠法律了。

可是上哪儿去找呢？

四

欧阳明明见到李小普，已经是两个月后了。

李小通在法院一审时，以故意杀人罪被判有期徒刑15年。那个法院指派来的律师说如果不是他强调了他们当时的特殊情况,还会判得更重。

但李小普不服,坚决不服。

李小普在A市有个战友,叫张荣。张荣告诉他,A市有个女律师,特别仗义执言,如果能找到她,这个案子的改判就有希望了。李小普就托张荣打听,但一直没有消息。眼看二审就要开庭了,他有些急了,决定不顾一切。

说来也真是有缘,那天欧阳明明本来没计划去法院的。早上出门时还在犹豫,是先到陈县去取证呢,还是先去检察院看材料,或者先去律师事务所?照说当务之急是去法院,上次那个火灾案子,她需要和张法官交换一下意见。可是今天星期一,是法院最忙的时候,怕是去了也找不见人。她想了想,决定打个电话。还好,找到了张法官。张法官恰好有空,约她11点去。这样她就决定下来,先去事务所,然后去法院。和法官谈完了,中午再和林力一起吃饭,商量她的事。下午赶到陈县,去取那个砖厂经济纠纷案的证人材料。

11点欧阳明明到法院后，院内的车位已经停满了，她只好把车停在门外，然后下车往里走。走到法院门口时，她看见一个年轻人站在门边，手里举着一张纸，大概是起诉书之类。门口的保安正在赶他：别待这儿，别待在这儿。

照说这样的情形她以前也见到过，一些不知该怎样打官司的人，常以这样的方式到法院来申诉。她的事情太多了，顾不上再关注别的事，就径直往里走。可是，就在快要与年轻人擦身而过时，她突然停住了，因为她注意到了他身上的军衣。就这样，她认识了李小普。

欧阳明明承认，在这种种偶然的因素中，最重要的是那件军装。由于当过几年兵，她对军装有一种特殊的感情。她一眼看见了那个穿着军装的小伙子，而且从他的姿势看——他的腰板笔直——他一定是个当兵的。这个当兵的，他会有什么冤屈呢？她就在他跟前停下来，看了一下他手上拿的上诉状。看完后她说，小伙子，我是个律师。如果你愿意等我的话，我一会儿出来和你谈。

说完她给他留了一张名片。小伙子一看名片，大叫起来，您就是欧阳律师？我就是想找您呀！我一直在找您呀！

欧阳明明听了原委，有些感动。以至于她和张法官交换意见时，心里都在惦记着这个小伙子。半小时后她从法院出来，小伙子却不在了。他会去哪儿了呢？是不是真被那个保安赶走了？

她走到路边自己的车旁，正开车门时，小伙子走过来了。他叫了一声，欧阳律师。欧阳明明说，你没走？小伙子说，我太高兴了，就奖励自己吃了一碗面。小伙子的西北口音很重，但欧阳明明能听懂，她当兵时，战友里也有西北的。她说，走吧，你要是相信我的话，咱们就车上谈。小伙子说，我只能相信你了。欧阳明明笑道，你相信我是对的，我也当过兵。小伙子忍不住又叫起来，说，太好了！

两人上了车。欧阳明明知道了他的名字，李小普，还有他的弟弟李小通，也知道了他们的案子是怎么回事。李小普越讲越激动，越讲越生气,讲到弟弟被抓,自己被打伤;讲到报告厂里,厂长给他寄了五千块钱,没派任何人来;讲到一审下来,小通以故意杀人罪被判有期徒刑15年;讲到他在A市这几个月,如果没有战友张荣的帮助,他早就流落街头了……

欧阳明明听得出,他是强忍着才没掉下泪来。

李小普愤恨地说,明明是他们不对,反倒成我们犯法了?就算我弟弟错手杀了人,也是他们造成的,我们属于正当防卫。欧阳明明说,你还是有些法律知识嘛。小普说,在部队上学过。欧阳明明安慰他说,你别急,会有办法的。小普说,可是马上就要二审了,欧阳律师,你能为我弟弟辩护吗?

欧阳明明抱歉地说,我最近手头的案子实在太多了,忙不过来。但我可以给你介绍一个好律师,我们事务所的,行吗?小普不说话。看得出他很失望。欧阳明明说,这样吧,我现在马上要去见一个当事人,你也先去吃午饭。今天下午……噢,下午不行。明天早上你到我的事务所来找我，名片上有地址。咱们再谈，行不行？小普还是不说话，欧阳明明说，你要相信我，我会对你负责的。小普终于点了点头。

这时已经到了欧阳明明和林力约好的兴隆大酒店门口了。李小普下了车。欧阳明明心里有些歉意。可是没办法，她总不能把他带去见林力。

李小普满怀期待地说，欧阳律师，我等你的电话。

酒店里，林力已经等了好一会儿了。一见到她就说，我的大律师，你可真忙啊。

欧阳明明一边脱去外套，一边说，别提了，简直是乱麻一团。林力说，你呀，永远都是乱麻一团，也没见你理清楚过。欧阳明明说，可不是，要理清，恐怕得等到退休。

两个人简单点了几个菜。林力大致跟欧阳明明说了一下她那边的情况，最近那个男人从100万让步到200万。欧阳明明说，你怎么想？林力说，我当然不干，我怎么才值200万？我这10年奉献给他的不仅仅是才智，还一个女人最宝贵的青春岁月啊。他3 000万的财产，居然连十分之一都舍不得给我。

欧阳明明点点头，说，对，不能妥协。问题是，这样拖下去，你的宝贵岁月还是被浪费了。林力说，那你说怎么办？欧阳明明说，要不你也作些让步？400万？把这事了结了，你还可以早些开始新生活。林力说，你让我想想。

欧阳明明突然想到了李小普，一个为了十几万块钱的货款惹上了牢狱之灾，一个却嫌300万太少而不依不饶。林力见她似乎有些走神，就问，你怎么了，今天有什么新情况吗？欧阳明明说，可不是，今天我遇见一个奇事。

欧阳就跟林力说了她在法院门口碰到李小普的事，还有李小普跟她说的他们兄弟的遭遇。林力听了也很感慨，说看来有冤的人很多啊。

欧阳明明说，人家可是比你难多了，人生地不熟的，一点依靠没有，而且，我看那个小伙子的样子，恐怕经济上也很困难，吃碗面都是件大事。林力说，那你就帮帮人家呀。你向来就是个仗义执言的女人。欧阳明明说是，我肯定要帮他的。

她想了想，就拿出电话，给李小普联系律师，没想到连着找了几个，对方都说最近手头特别忙，弄得欧阳明明一顿饭也没好好吃上几口。

欧阳明明把电话一关，一下狠心说，算了，我自己来办。

林力说，我支持你。

欧阳明明说，你，一句空话。林力说，不，这次不是一句空话，如果那个小伙子出不起你的价，我替他出。欧阳明明笑道，这还差不多，还算有点良心。

第二天一大早，欧阳明明就到了律师事务所，她估计李小普一上班就会打电话来的。走上楼，事务所的值班秘书一见她就说，有个人在接待室等她，她想，谁那么早啊？去接待室一看，正是李小普。李小普不好意思地笑道，我心急，就上这儿来等你了。

欧阳明明把他叫进办公室，告诉他，她已经决定，亲自代理他的案子。

李小普听了，竟然一下红了眼圈，说，这下我弟弟有救了。弄得欧阳明明心里怪不好受的。她很快拿出公事公办的口气说，咱们现在就进入，你先说说详细情况，然后我去见你弟弟，接下来去调案子看。时间不多了。

李小普拖着一条伤腿和欧阳明明跑来跑去，提醒了欧阳明明，她问他有没有去医院做过检查，开过伤情诊断的证明？李小普说，去过医院，但只是简单地处理了一下，没有开什么诊断书。欧阳明明问，你弟弟呢？当时被打的情况有没有做过鉴定？李小普说，他也被打得够呛，但因为直接就进去了，连医院都没去，哪可能做什么伤情诊断？现在大概好得差不多了，最多脸上还有一点疤痕。

欧阳明明就把李小普带到医院去看了一下脚。医生摇头说，李小普的整个右脚因为没有及时治疗，已经坏死，目前只能截肢了。而且就是截肢也得抓紧，否则坏死的状况还会不断朝上延伸，殃及整个大腿。

欧阳明明听了一惊，叫李小普不要再陪她了，马上住院治疗。

李小普不肯，说弟弟的案子没有结果之前，他不去治疗。欧阳明明发火说，你才20来岁，想一辈子残疾吗？案子尽管交给我。李小普这才说，他没钱住院，厂长寄的五千块他节省了又节省，还剩三千，得留着打官司用。欧阳明明说，这么大的事，这么点钱怎么行？你得让厂里再汇钱来。李小普说，厂里根本拿不出钱了，那五千块都是厂长自己垫的。再说这次他们不但没拿到货款，还给厂里惹了这么大的官司，他也不愿再开口。欧阳明明说，你真是糊涂，现在不是你要面子的时候。李小普仍然犟着不肯向厂里开口。欧阳明明说，这样，我的律师费用你先不用考虑，以后再说。眼下最要紧的是治病。

欧阳明明强行把李小普留在了医院，自己继续去跑。她越来越坚定了要为李小普兄弟讨个公道的决心。如果再判他们有罪的话，这兄弟俩真是冤枉死了。

欧阳明明见了李小通,看了现场,看了卷宗,心里已基本有谱了,这应当是一桩比较明显的正当防卫案,充其量是防卫过当。尽管法学界眼下对正当防卫的界定有些争议,但他们这一情况是很明显的。他们是为了保卫国家财产、保卫生命安全才自卫的。在国家财产和个人生命都受到威胁的情况下,他们出手杀了人。判其故意杀人,显然是不妥的。

但当欧阳明明去和审理李小通案的罗法官交换意见时,罗法官却不同意她的看法,他认为李小通事先带了刀在身上,就有"故意"的倾向;第二,他刺了一刀之后又刺了第二刀。欧阳明明说,他之所以刺第二刀,是在他当时看来,他的危险没有解除。而且她在调查中了解到,那个大个子曾经是个拳击运动员,非一般人。罗法官听后似有些心动,最后说,看你能不能说服法庭吧。

欧阳明明成天忙这头,那头就拜托林力去医院看望李小普。

林力事后给欧阳明明打电话，说李小普交了三千块住院费后，每天连方便面都吃不起，她给他留了一笔钱，并且把他的手术费支付了。林力说，对我来说，这是一笔很小的钱，可对他来说，真是要命呢。

欧阳明明听她说话的语气，似乎心情挺好，就跟她开玩笑说，我已经知道了你心情好转的诀窍了，做善事。林力笑说，也许真是这样呢，一天到晚老是陷在自己的事里，心烦无比。看看那些比自己倒霉的，从来没过过好日子的，至少换个心理平衡吧。

五

二审开庭那天，李小普刚做完手术没几天，还没拆线呢，就拄着拐杖跑来参加了。

李小普发现欧阳律师一上庭，和在下面判若二人，那种笑眯眯的样子完全收起来了。她穿着一套深色职业装，头发向后梳理得整整齐齐，和他过去想象中的女律师一样一样。

天龙贸易公司来了不少人，由那个王经理带着。被告这一方，除了自己，战友张荣还带了几个朋友来助阵，另外欧阳律师的好朋友林力也来了。李小普觉得自己还算幸运，虽然碰上这么件倒霉的事，毕竟还没倒霉透顶，有战友帮忙，还遇上两个好心的大姐。另外还有那么多听众，也不知是从哪儿来的，小普希望人多一些，让大家都来为他们评评理。

开庭了，小通被警察带上来。这半年下来，小通已经瘦得脱了人形。小通一上来，眼睛惶恐地到处看，肯定是在找他。小普忍不住喊了一声，小通，我在这儿。林力马上按住他说，不要乱叫，这是法庭。

小通那种凄凄惶惶的样子，让小普很心疼。自己是哥哥，把他带出来，却没能照顾好他，他是为了救自己才那样做的。但愿欧阳律师能救他。

法庭按程序一样一样地来。因为是二审，先由法庭宣读一审判决，然后由被告李小通念上诉状，陈述上诉的事实和理由。上诉状是李小普自己写的，又让欧阳明明帮他修改了一下，欧阳律师说他还行，把要害问题都说清楚了。

接着进行法庭调查。

小普作为证人，站到了证人席上。欧阳律师问他的那些问题，他觉得全问在了点子上。是啊，他们怎么会平白无故地上门去打架呢？他们怎么会眼睁睁地看着别人抢他们的东西而不保卫呢？他们怎么可能打过那一群人呢？而且其中那个死者，还是个拳击运动员。小普觉得心里痛快。连小通也慢慢地抬起了头，眼里有了光亮。

王经理作为当事人，也被传到了证人席上。小普很怕他乱说，还好，在法庭上，他还是谨慎的，说的情况基本上符合事实。但他坚持一点，被告是有意拿刀去捅死者的，死者手上并没有凶器，而且毫无思想准备，被告还捅了死者两刀。

之后双方出示证据。检察官出示的，主要是那把藏刀，还有当时现场的照片等等；欧阳明明出示的，有天龙公司拖欠西北毛纺厂货款的证明，有李小普右脚致残的医院证明，有死者生前曾是拳击运动员的证明等等。

最后进行法庭辩论。检察官和欧阳明明辩论的焦点，是李小通杀的第二刀。欧阳明明认为，第二刀是和第一刀相连贯的，并不是说，死者生前放弃武力跑了，被告还追上去杀，而是连续性的。这个可以到实地及公安机关取证。

欧阳明明说着说着就激动起来，李小普和李小通，他们作为毛纺厂的工人，受厂长和全厂工人的委托来送货，那不仅仅是货，那是他们全厂工人的工资，他们是国营厂，应当说那些货物就是国家财产。当国家财产发生危险的时候，他们怎能不捍卫？我还想指出的是，天龙公司曾经想贿赂我的当事人，以换取那一车的货物，遭到了拒绝。这说明我的当事人对于这一车货物是非常看重的，是怀着誓死捍卫的心情来对待的。当争抢发生时，双方人数悬殊，对方的保安之一，也就是那位死者，曾是拳击运动员（我已呈上了证明），他们两兄弟就是用尽全身力气，也处于弱势。打斗中死者将被告人的哥哥李小普推下卡车，造成李小普终生残疾（我已呈上了医院证明），但他还不放过，继续进行殴打，并仗着自己力气大，将被告的哥哥举起来往死里摔，这时候作为亲弟弟，被告怎么可能坐视不管？

法庭下面居然响起了掌声。

欧阳明明继续说道：至于说到那把藏刀，是因为天龙公司已拖欠了被告所在毛纺厂的货款，被告和他哥哥临来之前，受到工厂领导的重托，为防不测才将刀带在身上的，并不是有意滋事。现在看来，如果被告当时没带刀的话，死去的就是被告的哥哥李小普了。我想说的是，当国家财产和亲人生命安全都受到威胁的时候，被告只能不顾一切地冲上去，为保卫国家财产、保卫自己的亲兄弟而大打出手，这有什么错！

法庭内又一次响起掌声。

几位法官轻声交换了一下意见，最后宣布

说，法庭将暂时休庭，对本次审理中的一些新的意见和证据，进行现场调查和证据核实，再交由审判委员会裁决。

李小通又被带了下去，但和先前已大不同了，他看到了希望。李小普跑上去对他说，小通，耐心等待，我们一定会赢的。

从审判法庭出来，李小普握着欧阳明明的手说，欧阳律师，你说得太好了！不管将来判得如何，我都先谢谢你了，因为你替我们在法庭上说出了心里话！欧阳明明对李小普说，我相信法官们会认真慎重地考虑我的意见的，回医院去耐心等待，一有消息我就通知你。

李小普就开始了忐忑不安的等待。

就在李小普的右脚拆线一星期后，欧阳律师跑到医院来告诉他，法庭终于接受了她的辩护理由，李小通的案子改判了，改原来的有罪为无罪，属于防卫过当。

李小普简直不能相信自己的耳朵。

开庭宣判那天，李小普坐在第一排，一字一句地听法官念二审判决书。当念到被告李小通防卫过当，判处有期徒刑两年，缓期两年执行时，李小普的眼泪一下就涌了出来，像决堤一样汹涌不止。那天当医生告诉他他的右脚没救了，要截去，他将永远失去右脚的时候，他都没掉一滴眼泪。

李小通被解开手铐，当庭释放。兄弟两个拥抱在一起，痛哭。然后他们用欧阳明明的手机，给远在西北的母亲打了个电话。小通几乎是喊着对母亲说，妈，我出来了，我可以回家了。母亲在电话那头哇地一声哭出声来。

这时候距李小通被关押，已过去了5个月。

六

对欧阳明明来说，一个案子赢了并没有什么，她一年到头要代理多少案子啊。不过李小普这个案子的成功还是让她格外高兴，毕竟她帮助了一对处于弱势的兄弟。这样的案子和林力那样的案子是不一样的。它属于雪中送炭。

因为李小通的缓期执行通知书是下达给当

地公安机关的，由当地公安机关执行，所以兄弟两个准备马上赶回兰州去。他们从法院领回了卡车，车上的货物只剩一半了，好歹还没全丢，最重要的是车没丢。他们厂总共就那么三辆大卡车，是厂长的心肝。

欧阳明明一再嘱咐他们，特别是李小通，回去以后要老实老实地监督改造，不要再生事了。李小普叫她放心，他们回到厂里后一定老老实实地工作。他还说，等挣了钱，就把林力大姐为他垫的手术费还了。欧阳明明替林力表态说，不用还了。等挣了钱，你就去装个假肢，家里还得靠你呢。

他们说话的时候，李小通低个头站在一边，一直不说话，关了小半年，他似乎变得有些木呆呆的。

送走了李家两兄弟，欧阳明明长长地出了一口气。她想先回家一趟。这些日子她简直把家当成客店了，丈夫生气她都看不见——没时间看。她想早些回去，收拾收拾屋子，然后做几个菜，缓和一下。为了不受干扰，她把手机先关了。

没想在家门口碰见了林力。林力笑眯眯地说，你以为你关了手机我就找不到你了？欧阳明明无奈地说，我那不是挡你的，你是挡不住的魅力。

两人一起锁车进屋。林力说，这下你该管管我了吧。你知道不，我当初对李小普乐善好施也是有私心的，我是想你早点儿从他们的案子里抽出手来，管管我。欧阳明明说，我什么时候没管你？我就是抽不出手来，也用脚在管你。你差不多是全托在我这儿呢。林力就笑。她知道欧阳明明说的是实话，她们不仅仅是当事人和律师的关系，还是好朋友。

林力见她从冰箱里拿菜出来，就说，别做饭了，工作那么辛苦还要扮贤惠。走，我请你吃饭。欧阳明明说，谁稀罕吃你的饭呀。我还想抓紧时间和老公共进晚餐呢。林力说，那我连你老公一起请嘛，请他最爱吃的老妈火锅。欧阳明明想想说，那我打个电话请示一下。

欧阳明明打电话给丈夫，丈夫大概正碰上

心情不错，居然答应了。

三个人就进了老妈火锅。

坐下来，点了菜，打开火，还没等锅里的汤煮开呢，林力就开始说她的事了。

欧阳明明说，喂，林力，我倒是习惯了，你是不是还得照顾一下我们先生？

林力不好意思地对欧阳的丈夫说，老许，多多包涵，我最近被那个家伙气得有些失去风度了。老许只好说，没关系没关系，你们说。

林力还是忍住了自己没说，而是陪着欧阳他们夫妻俩聊了一会儿天，其中还聊到了李小普他们兄弟的案子。老许听了前后经过说，欧阳你这个案子办得漂亮。欧阳听了很高兴。丈夫已很久没有夸过她了。

看他们夫妻俩高兴了，林力又忍不住说到了自己，她说，对方——她现在把那个当初她爱得死去活来的人一律叫"对方"——表示他不能再让步了，200万封顶。他说他名分上有3 000万的资产，但大都在运行中，能够拿出来的就只有那么多，他有三个孩子，有老婆，希望林力体谅他。欧阳明明说，你体谅吗？林力说，不，坚决不。即使他现在收回那个话，让我再回他的公司去，我也不答应了。

欧阳明明说，要不这样，你再约他出来，我参加，我们三个人一起谈一次？

老许马上反对，说使不得。他要是知道林力请了律师，一气恼，就更不让步了。

欧阳明明说，那好，你自己去谈。你把主意拿坚决，但态度要好。不要像是去赖他的钱，那本来就是你的。从股份的角度算，如果10年前，不说10年前，7年前，就是你在他公司开始任总会计师开始，你占百分之二十股份的话，也该拿600万。再加上你认为他应该付出的精神补偿。不过我建议你把底线放在300万上。所谓的精神补偿，他决不可能给你的。他会坚持说这是两厢情愿，不对你有什么伤害。

林力说，我也是这样想的。但他居然200万就想打发我，他也太没良心了。我岂止是他的总会计师，我根本就是他的搭档。他要是有良心的话，就应当承认这一点。我占百分之五十的股份都不过分。

欧阳明明说，这样的美景你就别想了，想了都是气。你就看成是你付出的学费吧。欧阳明明本来还想说，这种事我见多了，良心？有几个男人会对自己不爱的女人谈良心？但想到自己家的男人就在旁边，遂把后面的话忍了。

林力说，我已经一让再让了，但300万他至少应该给吧。

林力告诉欧阳明明，"对方"去深圳了，约好一周后谈。

这样，吃了那顿火锅，算是消停了几天，林力没来找欧阳明明。欧阳明明就一头扎到自己那个永不停止的漩涡里旋转起来，几乎忘了她的事。

但她忘了没用，林力的电话终于还是来了。

林力电话来的时候，欧阳明明刚把车从闹哄哄的大街上开进自家的车库，一脑子的糨糊，所以一看是林力的电话，真是一千个不想接一万个不想接。她知道很可能一接电话，她就得把车倒出车库，重新开上大街。她太累了，真想回家洗个澡，喝碗稀饭，睡上一觉。

但不能不接。她已经想起来了，今天下午是林力和"对方"的最后一次谈判，她肯定是来告诉她谈判结果的。但愿顺利，这样她就可以照常回家了。

一接，欧阳明明的头就炸了：今晚又完了！林力哭得上气不接下气，她说她不想活了，真的不想活了。欧阳明明听出事态严重，只好说我马上来。

等欧阳明明赶到林力的住处时，林力正发疯一样地在准备安眠药。也不知道她是什么时候买下的，幸好不是瓶装，是一粒粒压在锡箔纸里的。她正在抠，已经抠了不少了，但显然还不够致死。

欧阳明明很火，一巴掌就把药打倒在地。林力就一边哭一边蹲下去拣。欧阳明明说，你实在想死，我也不拦你。可是你死也得死个明白吧？

林力这才哭泣着，把下午的情况说了个

大概。

下午谈判时,对方不但不让步,且进了一步,说最近生意很不景气,他最多只能给她100万了。她要就要,不要的话,从今天以后,他们之间再没有关系了。她如果再到公司来找他,他就告她骚扰罪。至于她手上的那些所谓证据,他不在乎,她想交给谁就交给谁,谁想来他的公司查账他都欢迎。

欧阳明明一听,就知道对方肯定是利用这段时间做好了一切手脚。她们还是太幼稚简单了,居然以为靠那些账本能拿住他。欧阳觉得这事自己有责任,不应当拖那么久,这样的拖延只会对对方有好处。

欧阳明明问,那你怎么说?

林力说,我说什么?我气得话都讲不出来了,浑身发抖。我就后悔没让你和我一起去。欧阳姐,你说我怎么会跟这样的无赖一起生活了那么多年?我真是太蠢了!我简直就是瞎了眼!我恨不能杀了他,然后自杀。

欧阳明明连忙问,你没干蠢事吧?

林力说，我干了。

欧阳明明焦急地说，你干什么了？

林力说，我冲上去扇了他一耳光。

你怎么那么冲动呢？你当时该给我打个电话嘛。

林力说，我气糊涂了，扇了也不解气。

欧阳明明说，后来呢？

林力说，我不知道了。我冲出那个大楼，跑到街上，在街上乱转。后来有个警察看我不对劲儿，把我喊到一边问我是干吗的，我说我要回家，他就叫了个出租车，把我送回来了。

欧阳明明说，他呢？有没有打电话来？

林力摇摇头，泪如雨下，说，我现在就是死了，他也不会眨一下眼睛的。

欧阳明明心如刀绞，所谓的生死爱情，怎么能变质到这一步？太可怕了！她倒了一大杯水，强迫林力喝下去，让她在床上平躺着，慢慢平静下来。

欧阳明明在床边坐下，握着她的手说，林力你听我说，我知道你很委屈，或者说很冤屈。

但有时候，一个人的委屈和冤屈是无法伸张的，无法讨到公道的。这是我作为一个律师，不得不经常面对的现实。所以，就目前的情况看，只有你妥协了。

林力说，怎么妥协？

欧阳明明说，要下那100万，从此与他不再往来，开始新生活。

林力不说话。

欧阳明明说，在你看来，100万实在是太少了。但在很多中国人看来，这还是一个很大的数目。靠这100万，再加上你的聪明才智，还有年轻漂亮，你的后半辈子是能够找到幸福的。真的，听我的劝吧，别再和他僵持下去了。就他目前的做法来看，他已经是撕去一切面具了。你不能再对他抱有幻想了。爱一旦变成恨，是很可怕的。

林力仍不说话，泪水顺着脸颊流下来，将枕头濡湿了一大片。

七

等李小通把车开回家,看见他们厂的房子时,人已经没有一丁点力气了。因为哥哥的脚没了,不能和他换着开,这一路上都是他开的。为了赶路,也为了省钱,他们一个晚上也没住店,全待在了车上。

兄弟俩进了门,老母亲简直不能相信自己的眼睛。一个瘦得皮包骨头面如菜色,一个生生地少了一只脚。母亲又大哭起来,说我这是造的什么孽呀?好好的两个孩子出去,怎么就成这样的了?我这是招了谁惹了谁呀?老天爷怎么就不睁开眼眷顾一下我们孤儿寡母啊!

母亲的哭声惊动了邻居们,邻居们见了也都纷纷叹息。最可怜的是李小通,竟然累得在母亲的恸哭中睡着了。母亲一边哭,一边起来为他盖上被子,然后强撑着去擀面条了。

李小普本来见了母亲,是恨不能大哭一场

的。这半年多来，他受的冤屈太多了，在弟弟面前他必须强撑着，但是他太想在母亲的怀里大哭一场了。可是眼下看到母亲那么悲痛欲绝，他知道自己没有权利再哭了，只好把自己泪水咽进肚里去。他宽慰母亲说，妈您别难过，好歹我们兄弟两个都回来了，要不是那个欧阳律师帮忙，小通他这会儿还关在牢里呢。只要人在就好办，我们兄弟两个会孝顺您的。

李小普去找厂长汇报，厂长唉声叹气的，除了反复说，让你们吃苦了，让你们受罪了，再没别的话。李小普发现，厂长竟然白了一撮头发，可见这事也让他操透了心。

李小普汇报说，货被抢走了一半。卡车作为物证被法院扣押的时候，对方不承认他们抢了货，但我肯定是他们抢的。厂长愁眉不展地说，货都是次要的，以后怎么办呢？以前的钱拿不到，眼下的又销不出去。还有，你这脚一下成了残疾，厂里也拿不出医疗费。寄去那五千，我知道是不够的。

李小普非常体谅地说，医疗费再说吧，我

反正已经截了肢，手术费是一个好心的大姐给垫的，等我以后有了能力再还。

厂长仍是吞吞吐吐的，似乎还有什么为难的话没说出来。李小普就等着。他想，自己是为厂里成了残疾的，没找厂里要医疗费，没找厂里要补助，厂长还会有什么过不去的事呢？

厂长站起来给李小普杯子倒了些水，终于说，小通这孩子，其实是个老实孩子，在厂里那么久，也没惹过什么祸。可是这次……嗨，怎么也没想到，会惹那么大的祸。要是想到了，我就不让你们俩去了。

李小普以为厂长内疚，就说，反正我们不去，别人去了也难免发生。谁碰上了谁倒霉呗。

厂长说，可是现在，他是一个被判了刑的人，虽说是缓期，可怎么说，也是个……犯人，是不是？你看我们这样一个国营厂，就……就不好再留他了……

李小普的脑袋轰地一响：厂长要开除小通！

李小普怔了一会儿开口说，厂长，你别开

除小通，小通他这半年来受够罪了，他被关在里面的时候，什么罪都受了，人都有点儿变傻了。要开除你就开除我，我反正残废了，留在厂里也不能干啥，是个负担，你就留下小通，开除我吧。厂长。

厂长说，我怎么能开除你呢？你是为厂里负的伤，你又没做错啥事。厂里就是养也要养着你，可是小通不一样，他……我知道他不是有意的，可是怎么说，他也是杀人犯哪！

李小普急了，说厂长，你不能说小通是杀人犯，他是正当防卫，要不法院怎么会让他回家呢？他真的不是杀人犯，你看法院的判决书，那上面都说他是在国家财产和生命安全受到威胁时，正当防卫，只是当时急了眼，防卫过当。所以才判两年，缓两年。

厂长不说话。

厂长不说话李小普就知道厂长主意已定，他再说什么都没有用了。他默默地坐了一会儿，站起来拄上拐杖，准备走。厂长也站起来扶他，厂长说，小普你原谅我。厂长说这话时，眼圈红了。他说你到财务那里，把你们兄弟两个的差旅补助领了，另外补助你500块钱。厂里只能拿出那么多钱了。

李小普还是没有说话，他觉得自己一开口，必会哽咽。他不想那样。

李小普回到家，没有告诉小通厂长的话，他只是说，小通，厂里这个样子，怕是养活不了咱们，咱俩以后开家小面馆吧。小通虽然从放出来后，一直木呆呆的，但脑子里还是明白事。他看了小普一眼，说，是不是厂里不要我了？小普说，不是不是，是我这个样子，不想拖累厂里，你就算是帮我吧。小通说，我明白。我要是厂长，也不要我。谁会留一个杀人犯在厂里呢？

小普突然冲着小通大叫道：你不是杀人犯，不是！以后谁要再在我跟前提这三个字，我就揍谁！听见没有？！

小通从没见哥哥这么火过，不再说话了。

小普把他的复员费全部拿出来，加上东凑西借的钱，在厂区和宿舍区之间的路上，开了一个很小的面馆，叫兄弟面馆。兄弟两个起早贪黑，生意勉强能过得去。但小通始终闷闷不乐。从早到晚，说不上三句话。

每天工厂上班的人，总要从他们那儿过。但很少有人停下来。隔壁也是一家面馆，常常人满为患，那些人宁可站着等，也不上他们这家来。小普知道是为了什么。但他不敢生气，一生气小通就更气了，母亲就更伤心了。他假装说，可能人家是老店，口味已经摸准了。咱们只能往价钱上想办法。于是他把已经很低的价，又往下调了五角钱。

母亲和他们一起干，可总是病病歪歪的。母亲的身体是突然之间弱下来的，小普知道母亲是被伤心难受折磨成这样的。他只有尽量笑呵呵地面对母亲。

但是不行，他越是想好，就越是出问题。大概是太累还是怎么的，小普右脚的截肢面感染了。也难怪，从手术后他就一直没好好休息过。母亲强行叫小普关了面馆，让小通陪哥哥去医院。医生一看就说，你这得住院，不然越烂越厉害。小普坚决不肯住院，说他住怕了。小通明白哥哥其实是住不起院，他就背着哥哥回家，要哥哥躺在家里休息。

小普在家休息的那两天，小通说反正没什么客人，让母亲在家照顾哥哥，自己一个人去照应面馆就行了。母亲就依了他。那两天，兄弟面馆的生意冷到了最低点。但小通回来什么也不说，把那几张钞票一往桌上一搂，就蒙头大睡。小普只能安慰他。小普说等我脚好了，咱们到城里热闹的街上重新开一个。

小普如果知道弟弟那时候脑子里在转着什么念头，他是无论如何不会让他一个人去照应面馆的。

可是他没想到。

那天天冷得很，生意很秋。到了中午好不容易来了两个吃面的，吃了却不给钱，还说我们了解你的底细，你要是跟我们兄弟过不去的话，我们就有本事让公安再把你收进去。其实以前也发生过类似的事，但有小普在，小普总是把弟弟护在身后，自己上前去处理。眼下小普不在，小通一个人，那两个家伙更有些不把他当回事的样子。但小通并没有生气发怒，甚至没和他们发生一点儿争吵，而是慢吞吞地说，不给就不给吧，几碗面我还能请不起吗？

之后他就关了店门，拿走了面馆里所有的钱，买了张火车票径直去Ａ市了。

小普和母亲，是在三天以后，得到公安局的通知，才知道他去Ａ市了。那三天小普想过多种可能，就是没想到他会去Ａ市。但小普一旦知道后，却觉得不意外，他相信小通脑子里那个念头，是早就有了的，是在法院二审宣判之前就有了的，它像一粒种子，慢慢地顽强地长出芽来。没有人去掐掉它，却有人去不断催生它，现在，它终于开出恶之花来。

从公安同志那儿小普得知，小通到了Ａ市后，直接去了天龙公司。他在外面晃悠到下班，然后很轻易地在当初那间办公室里，找到了王经理。王经理惊愕地看着他，他走上去，一句话没说就把他给捅死了。

然后他熟门熟路地找到当初抓他的那个派

出所，找到踢了他几脚的那个警察，说，我又给你添麻烦来了，还是命案。不过这回你不用问那么多话了，我一句话就告诉你，我已经把那个逼得我们一家走投无路的家伙杀了，是故意杀的。现在我是个杀人犯了，货真价实的杀人犯。

八

欧阳明明得知李小通杀人的消息，是在李小通被捕一星期后。没有人通知她。她很偶然地去法院，碰到那个罗法官。罗法官告诉了她这个可以称之为噩耗的消息，且感慨不已地说，欧阳律师，你是好心办坏事啊！如果当初按我们一审的意见判15年，他就不会再次杀人，他自己也不会送命。

欧阳明明听完罗法官的话，大脑像电脑死机似的，全部定住了，所有的思维终止。很长时间，她没有说出一句话。等她终于想到要说话时，发现罗法官早已不在跟前了。她就僵硬地往外走,走到停车的地方,机械地打开车门,开车。车一开,就听见路边有人在喊。她下意识地想,一定有什么不对劲儿,就停下来看。一看,原来刚才开车门时,她把自己的水杯文件夹等东西搁在了车顶上,忘了。车一开,水杯滚到了路中间,文件夹掉进了水凼。她机械地下车去拣,刚一弯腰,眼泪就像是被倒出来似的,汹涌而出。

为什么?为什么会这样?为什么好端端的一件事,会发展出这样的结局?

欧阳明明简直无法相信,无法接受。

本来今天下午她是约好了和林力一起去见"对方"的。林力已经把她的劝告听进去了,打算彻底妥协,要下那100万。可是她现在的状态,去了只会坏事。她给林力打了个电话,嘱咐她冷静些,说自己不能陪她去了,因为发生了非常可怕的事。林力听出她的声音不对劲儿,问要不要她过来?欧阳说算了,你那边都约好了。林力说约好了可以改。欧阳还是说不必了,她的事情不宜拖,尽快解决为好。林力没再坚持。

欧阳明明费了些周折，查到了李小通的案卷。看了李小通的口供，她才知道他们兄弟二人回去这半个月经历的事情。

欧阳明明掩上卷宗，回头去想整个案子。她相信自己没做错，也确信法院的二审判决没错。但这样一个可怕的结局，让她无法原谅自己，开脱自己，宽宥自己。她的心就像刀绞一般难受。

欧阳明明麻木地回到家。就以往的经验看，她现在最需要的是宣泄。可是丈夫出差去了，林力又在麻烦中。别的朋友……似乎都不合适。自己一天天地为他人排忧解难，到头来却找不到一个可以为自己排忧解难的人。

欧阳明明想，只能睡一觉了。

她找出安定，吃了两粒，倒头就睡。刚有些迷糊，一阵刺耳的电话铃声就响起来。她不想接，用枕头一下把电话压住。但铃声仍锲而不舍地响着，一直响，一直响，断了再响……她终于拿起了听筒。

听筒里传来的，竟是李小普的声音！

欧阳明明一听就忍不住叫起来：你们怎么会这样？你们怎么能这样？！为什么？

李小普哽咽着说，欧阳律师，对不起，真的对不起……小通叫我不要告诉你，他说他最对不起的就是你，他已经认定了去死，不想再拖累任何人了。

欧阳明明仍愤怒地说，他以为不告诉我就不拖累了吗？他知不知道这对我意味着什么？意味着我纵容杀人哪！

李小普等她稍微平静一些后，说，欧阳律师，我也不想这样，小通也不想这样，可是……事情实在是……

欧阳明明说，你不用说了，我全知道了，我已经看了卷宗。

沉默了一会儿，李小普说，欧阳律师，我知道你很生气，我也知道我很过分，但是，我想来想去，还是决定说出来：我想再请你为我弟弟辩护。

欧阳明明不意外，也不生气，她叹气说，

你弟弟这次就是请一个律师团，也不会有任何用了，他这回是真真切切的故意杀人，而且还是在在刑期间。你难道不明白吗？

李小普说，我当然明白。我想请你为我弟弟辩护，不是为了救他一命，我只是想让大家知道他是怎么死的，为什么死的。

欧阳明明说，这有意义吗？

李小普说，对我弟弟来说，对我来说，对我母亲来说，都没有意义了。他终究都是死，我们终究都是失去他……但对于世人，对于后来者，甚至对于整个社会，它是有意义的。你不认为吗，欧阳律师？

欧阳明明好一会儿才说，你让我想想。

放下电话后欧阳明明想，其实，这对我也是有意义的。

无罪辩护

一

唐文娟怎么也没想到,今天这个日子会是他们家厄运的开始。

一点儿征兆也没有。早上丈夫出门的时候,她还嘱咐他早点儿回来,说女儿今天过生日,一家人出去吃顿饭。丈夫当时有口无心地应了一声,人就下了楼梯。要是知道他这一去就不回来了,唐文娟怎么也不会让他就这么走的。

可不让他这么走又让他怎么走？多看两眼？把他藏起来？都不可能。这么一想唐文娟更觉得无望。泪水从她的眼角涌出，迅速地滑到脸颊上，又凉又痒。天色已暗，她一个人陷在沙发里发呆。

门外传来"嘭嘭"的敲门声，接着是女儿清脆的嗓音：妈妈，我回来了！她迅速抬起手把眼泪抹掉，站起来拉开灯。她明白自己该做什么了：让家里恢复正常，让女儿和老母亲感觉正常。

唐文娟打开门，脸上浮出笑容。女儿丢下书包，一把搂住她的脖子，小鸟一样地叫道：我饿啦！我们快去吧，不是说好了今天去外面吃饭吗？爸爸和奶奶呢？唐文娟强笑着说，奶奶在张阿婆家打牌，爸爸今天临时有事，去不成了。女儿一下撅起了嘴：他有什么事呀，一顿饭都不陪我？唐文娟还来不及解释什么，门又被敲响了。

女儿抢着去开门，唐文娟听她叫了声"姨

妈",知道是文丽来了,心里又忍不住发酸。文丽一脸惊慌,见到她就说:姐夫怎么了?我刚下班就听说……

唐文娟强笑着打断她的话:我这不是正跟灵灵说嘛,下午万局长忽然找他爸,说有急事要办,他们一起去省城了。她转身对女儿说,灵灵,快去张阿婆家把你奶奶叫回来,我们一起去吃饭。灵灵有些疑惑,但还是听话地"嗳"了一声,出门去了。

见外甥女走了,文丽这才接着刚才的话说,我刚一回家,就听黄林说,姐夫被拘留了?怎么回事?

唐文娟愁苦地说:我也不知道是怎么回事。刚才检察院来了两个人,说继武有些事情需要交代,暂时不能回家,叫什么监视居住。让我给收拾了一些换洗衣服。我一点儿思想准备也没有……什么叫监视居住?

文丽说:大概是隔离审查吧。他们说什么事了吗?

唐文娟摇摇头:没有。两个人都很严肃,

就跟继武犯了罪似的。我问他们出了什么事，他们只说是经济上的事。

文丽颇懂行地说：检察院找他，多半是经济上的事。问题是姐夫怎么可能有经济上的事？他这种人，他只晓得给公司出力，只知道挣表现。

唐文娟听出了文丽话里的抱怨，但此时她顾不上计较，说：我也觉得奇怪。你们黄林一点儿没听说？

文丽的丈夫黄林是县检察院法纪科的科长，唐文娟总觉得他应该知道。难道他真的生继武的气，有事都不帮忙了？文丽说，他也是下班前才听说的。这事不归他们科管。再说人家知道我们这层关系，还不瞒着他？唐文娟一想也是，黄林不至于这么绝情的。

文丽又问：姐夫这两天有什么事吗？你一点儿也没觉察到什么吗？唐文娟想了想，说：他是跟我说过，检察院的人这两天在他们公司了解情况。但他说人家对他很客气，他们还一起吃饭喝酒来着。谁知道……昨天万局长从我们门口过，还问他，检察院的人老找你干什么？有事早点儿和大家通气。他连说没事。可我看他每次被检察院的人找了回来都挺心烦的。是不是人家早就盯上他了？他这个人炮筒子脾气，不定什么时候把人得罪了自己都不知道。

文丽说：再得罪也不能随便抓人呀。抓人是要依法律的。

唐文娟说，可现在已经抓了。说抓就抓……老实说，我以前从没想过这种事情会落到咱们家。唉！唐文娟眼圈红了。

见姐姐这样，文丽很难过，她握着她的手安慰道：姐，你别着急，还有我和小弟呢。我们会和你一起想办法的。我不相信姐夫会坐牢。早晚会弄清楚的。

文丽的话让唐文娟心里感到些安慰。前些时候两家人因为经济上的事发生了一些不快，文丽已有很长日子没上她们家了。毕竟是姐妹，现在一听说有事，就什么也不计较了。她叹了口气说：我知道，急也没用。我想先把灵灵的奶奶安排好，不能让她老人家知道了，继武是她的命根子。

文丽见姐姐这时候了还先想着婆婆，心里挺感动，忙说，那让灵灵先在我那儿住一天吧。唐文娟点点头，又说，你还是让黄林帮忙打听一下，看你姐夫到底是什么情况。对了，再让小弟文林去找一下阿楠的父亲，看看他们公安局知不知道这事。

文丽见姐姐挺镇静，遂也镇静下来，说，就是，我也不相信姐夫会贪污，肯定是有人下了烂药。他平时太得罪人了，又缺心眼……我现在就回去让黄林找人打听，有了消息就给你打电话。

楼下传来灵灵的喊声。唐文娟拿起一件外套，叹气说：偏偏在灵灵生日的时候出这种事。10岁生日，本来我们想好好给她做一下的。唉。

文丽也说不出什么安慰的话，就默默地和姐姐一起出了门。

晚上文丽给姐姐带来消息，说继武自己交代的，贪污了公司一万五千元的现金。检察院已经正式立案了。

唐文娟吓了一跳,他从没见继武拿回过这么多钱来。除了工资,他几乎没有什么额外收入。为此唐文娟还抱怨过他,说他一点儿也不像个公司经理。继武总是跟她解释说,现在公司经营得还不好,等公司好了,大锅里有了,小锅里自然会有。难道他把钱花到别处去了?比如说在外面养了个女人?

唐文娟一下想到了这个问题。一想到这个问题,血就涌到了脸上。如果是别的事,她尚可忍耐,但如果是这种事,她是不会原谅他的。但细细想来,又觉得不大可能。自从继武担任了县民政局这个兴华公司的总经理后,每天忙得连胡子都没时间刮,怎么可能有心思泡女人?

文丽也不相信姐夫会有这种事,她坚持认为是有人诬陷继武:我姐夫这种人,该他拿的钱他都不拿,还会贪污?

是的,文丽说得对。唐文娟想:就说上次那件事吧,他的公司与人合作一笔生意,缺三万多的资金,他就从自己家里拿出了一万五，又打弟弟妹妹各借了一万。当时说好生意做成了就按公司的利润给他们分成，但生意做成后他只还了本金，他解释说眼下公司的资金紧张，他们的利润缓一缓再说。可缓了两三个月都没音信，文丽、文林嘴上不好问，心里还是结了疙瘩，一时间就疏远了。

唐文娟也就借此机会把这件事解释了一下：那次那个生意，我们自己也没得到一点好处，我拿了一万五给他，他也就还了一万五给我，多一分也没有。他老是说以后公司发展了再说。你知道你姐夫不是个看重钱财的人，他看重的是仕途。从部队回来后分到了县民政局，县财政拨给民政局的资金十分有限，为了更好地开展社会福利事业，县里特许他们办公司，局里便派了他去当公司经理。可他哪是个做生意的人？这两年办公司一直不顺利。你们只有多原谅他了。

文丽说：我知道。那事就算了，就当是我帮了一回姐夫的忙……问题是姐夫真的没拿过什么钱的话，他自己怎么又承认了？不知他说的这一万五和那件事有关系没有？唐文娟摇摇头，她无法弄明白。继武从不对她说工作上的事。她只有再托人去打听。好在这是个小县城，她在这里已经生活了近40年了，几乎哪儿都能找到熟人。

但唐文娟还来不及了解到什么情况，正式逮捕魏继武的命令就下来了。

那是在他离家后的第五天。因为已经有了思想准备，也因为人本来就关着，所以唐文娟没受太大的刺激，比较平静地接受了。好在老母亲已经送回了乡下。女儿虽然知道了，但没表现出太大的恐惧，好像忽然之间就懂事起来，每天一放学就回家，哪儿也不去玩了。

唐文娟没有再去上班，现在她的全部心思就是弄清楚丈夫的事。她不相信丈夫会贪污（给她的逮捕通知书上，写明了贪污罪）。那天小弟文林和女朋友阿楠来她这儿，说继武的事阿楠的父亲一点儿不知道，不归他们公安局管，一直到正式逮捕那天才听说。据讲继武在看守所大发脾气，骂有人整他。

唐文娟越发觉得这事蹊跷。既然是继武自己交代的贪污,为什么他又大喊冤枉?阿楠说他头一天还拒绝吃饭,后来经人做了工作才稍好一些。她知道他的犟脾气,她真怕他不冷静,招致更大的不测。还好,这次办继武案子的那个检察员,是继武原先的战友,叫钱建设。唐文娟找到他,写了个条子托他带给继武。钱建设看了条子,答应帮她带去。他还抱歉说这次这件事,他只能公事公办了。

又过了一天,钱建设又和另一个检察员来她们家,带来一张魏继武写的条子,说希望她配合,退出魏继武拿走的一万元公款。唐文娟虽然从没见魏继武拿回过什么钱,但还是取了一万元给他们。钱吃亏了没什么,只要继武能平安回来。她是这么想的。

从钱建设那儿她还得知,这次继武被起诉的事件,正是年初他向家人借钱做的那笔生意。他从七万五的利润中留下了一万五没有入账。是他自己交代出来的,亦有证人和证据。

钱建设说,现在检察院已正式起诉,案子

转到了法院，可能不久就要开庭了。你们赶快考虑请律师吧。

唐文娟一惊。这么说继武真的要上法庭了，像她在电影电视上看到的那样，被警察押在那儿受审？甚至带着手铐？她原以为钱已经退给公家了，就算是继武拿了现在也退了，不就行了？怎么说继武也是局办公室主任呀。没想到……

她无法相信，急急慌慌地去问黄林。但黄林肯定地告诉她，县检察院的确已经起诉。一旦起诉，就没什么可说的了，要说什么都只能上法庭再说了。请律师吧。他对唐文娟说。

唐文娟这才认真地想到请律师这个事儿。

二

一只蜘蛛从墙角慢慢向门边移去。墙角上有网，它为什么要离开呢？魏继武盯着盯着，脑子即分析出了三种可能性：一是它完成了一处工程后，又想开辟新的工程；二是它完成之后忽然发现那个工程不合格,不得不重新开始建设;三是它的工程刚完成就被别人占领了,它只好转移战场。哪种可能性大呢?魏继武仔细看了看墙角那个网,觉得第一种可能性更大一些,或者他希望是第一种。

可恼的是他自己,什么事也没干成就蹲到这儿来了。还不如这蜘蛛呢。

他转动了一下脖子,把目光移到窗外。

今天又是个阴天。早上吃饭的时候,他仔细观察过天气,云层很厚,显然不可能见着太阳。看守所那只大狼狗似乎也情绪不高,他丢了一块馒头给它,它理都不理。老秦笑说:你就别浪费了,它比你吃得好。

老秦是看守所几个人里对他最好的,常常递烟给他,和他说说话,当然都是些无关痛痒的话。但魏继武仍很感激他。这种时候把他当正常人看很珍贵啊。他想,以后出去了,一定把他请到家里来喝酒。

想到家,他就想到了老婆孩子。这次肯定把她们害苦了。

那天钱建设到看守所来,说有话跟他说。他一见到他就气得血往脸上涌,破口骂道:你他妈的混蛋,你故意让老子往泥坑里跳!老子以后决饶不了你!钱建设一点儿也不生气,把他带到了审讯室,然后将一张字条搁在桌上。他一看是妻子的字,连忙抓起来。从上面得知,母亲已经回乡下大姐那儿去了,家里一切都好。妻子还说叫他不要烦躁,要冷静地面对现实。他的气一下子消了许多。

钱建设见他不骂了,就说,我知道你恨我,但这是我的工作。

魏继武说,那你也用不着用这么卑鄙的手段。

钱建设说,如果你自己一点儿屎没有,我就是用再卑鄙的手段也不可能抓到你。钱建设还说,我们检察院也是本着实事求是的原则开展工作的。你说有五千做了业务费,现在我们经过调查确认了,就给你刨去了五千,只确认了一万。魏继武说,那一万也做了业务开支,你怎么不认?钱建设说,你拿得出证据我们就认。魏继武说，你又不是不知道，现在的事是乱的，哪有那么多证据？钱建设说，所以我们要加强法制建设，不允许再这么乱下去了。

魏继武说不出话来，这小子，还他妈的振振有词。但他心里却叹了口气。他知道不管目的如何，自己的有些做法是上不得台面的。他得想法理清这件事，不能就这么被套住了。

他坐起来点上一支烟，又一次开始回想事情的经过。

一周前，魏继武正在办公室和公司会计周小惠清理账目。正清理到一半，检察院的两个人就来找他了，其中一个就是钱建设。钱原先和他在一个部队，还是他下级，去年才转业回来，分到县检察院新成立的反贪局。因为这层关系，魏继武见到他们时丝毫戒备也没有。他们说要找他了解一些情况，还说公司里不方便谈。他就跟他们一起走了。

三个人在公园的茶铺里坐了一下午。起初他们只是东拉西扯地瞎说，后来就问到了公司的经营状况公司的账目等。魏继武心里有些警觉,他想他们是不是收到什么检举信了,想给他通个信?但他这么问时,钱建设连连摇头,说例行公事而已。年底了,每个公司都要查查。然后他们告诉他,他们已经查出几家有问题的企业了,比如荆河养殖场的经理,就已经交代出用假发票的方式侵吞了五万多公款的事。魏继武说,这家伙,胆子还不小嘛,平时看不出来。钱建设说:交代了就好办,就怕自己不交代,等别人揭发了事情就严重了。

魏继武半开玩笑地说:看来像我这么廉洁的人实在不多。

钱建设也像是开玩笑地说:办公司做生意,恐怕都难免沾点儿经济问题吧?常在河边走,哪有不湿鞋?

魏继武笑道:也许是吧。不过咱们刚到河边,还来不及湿呢。

钱建设说:有很多人是直接跳进水里的。

两个人就这么你一句我一句地贫嘴。

但魏继武越听越觉得钱建设话里有话,就认真地问:你们到底要找我了解什么情况?钱建设看了看他的同伴，同伴说：有件事请你谈一下，你是不是把你们公司的钱以私人的名义存入银行了？魏继武一听，笑道：原来是这事啊，你不早说，早说我早就给你解释了。我们公司有个职员因为有问题被我们开除了，他就私刻了公章，以我们公司的名义去和邻县一家公司谈生意，把人家的钱骗了就跑了。那家公司追款追到我们头上来了。我们怕别人冻结我们银行的钱，就以私人的名义转存了。这样一方面可以有点儿利息收入，一方面也是为了保护公司财产。这事民政局专门开过会的，万局长他们都知道。

钱建设有些失望的样子，不过他还是说：怎么你们做生意的尽是些乱七八糟的事情？魏继武说：初级阶段嘛，是这样的。我还为这事焦头烂额呢。以前不搞公司不知道，现在才明白，挣点钱可真不容易。钱建设说：那你就别挣了，过点安稳日子，免得惹祸上身。魏继武说：我又不得为自己挣，我们民政局还有那么多人呢。我们挣来的钱还要用于日常民政工作的开支。老实讲，没有钱连开个会都开不起。钱建设说：我看你恐怕还是为了挣表现吧？你在部队时就这样。魏继武有些不快，这小子一回来，说话口气都变了，不就是个检察官吗？但他还是笑着说，在战友面前我就不否认了。我就不相信我一个团职干部连个小公司都搞不好。钱建设说：这可是两码事。说实话，我真替你担心。

他说这话时，很有用意地看了魏继武一眼，顿了一下又说：你好好想想。明天我们再来。不过，我们找你谈话的事，你不要对任何人说。

魏继武心里有些晃悠，但他仍显得很沉着，笑说：欢迎检查工作。没准你们还查出一个廉政模范呢。

第二天他们果然又来了，一谈又是一天。

魏继武有些烦了，这几天公司里的情况不好，他正发愁呢。天天和他们泡在一起，太浪费时间了。于是他半开玩笑地说：你们这么个工作法我可受不了，你们倒是在工作，我可就倒霉了。钱建设说：我们没了解到情况，回去也不好交代呀。魏继武说，我不是说了吗？本公司没有问题。没问题也是一种情况嘛。还非得有问题你们才高兴？钱建设笑道：没问题最好。我是怕你不把问题当问题。

魏继武心里有些打鼓。他到底知道了什么？是不是那一万五的事？问题是这笔业务还没做账呢。再说他拿去也是为了打点公司的事。他沉住气，笑说：那你们就慢慢查吧。

到了下午下班时钱建设说：走吧，咱们一起吃饭去。魏继武说，我做东吧，慰问慰问你们。钱建设说，哪能让你掏钱？是我们在麻烦你呀。

三个人来到一家小酒馆，点了菜，要了啤酒。

钱建设喝了一会儿啤酒，就发起牢骚来，说他们虽然掌握了很多情况，但真正能立案起诉的却很少。魏继武感到不解。钱建设就说因为这些有问题的企业老板，许多都是县里的财政支柱，县里害怕一旦动了他们，影响企业效益，减少税收，所以许多案子都是捂着的。可眼看到年底了，上面又要看到反腐倡廉的成绩。**魏继武**说：那就抓几个嘛，不是法律面前人人平等吗？**钱建设**说：越是正确的事情做起来就越难。有时候你不得不考虑方方面面的情况。**魏继武**马上深有同感地说：是啊是啊，如果都按原则办事，生意就做不起来了。

这时候他已经喝得有些晕了，忽然叹气说：你不知道现在做点事儿有多难，相比之下部队就简单多了。老实讲，有些事情我也很不喜欢的，可不去做就没法开展业务，整个社会风气已经是这样了。你说是不是？

钱建设说：我不知道，我没做过生意。是否是给回扣什么的？

魏继武说：那都是老黄历了，现在可是花样翻新。我有时候看着大街上来来往往的人，觉得他们都是被利益驱使着在拼命奔跑。

钱建设说：说得好。我也有这个感觉。

魏继武又说：我和那些所谓的生意人坐在一起总觉得他们全都张着血盆大口，在等着我往里面丢东西。

钱建设笑说：那你只好丢了？

魏继武笑而不答。

这时钱建设的那位同伴上厕所去了。钱建设做出一副自己人的样子说，继武，你就别跟战友瞒着了。老实说，我才不相信你搞了一年多公司就没一点儿经济上的问题。我见得太多了，不是自己贪污，就是给别人行贿。我们如果不听到点儿什么，是不会来的。你跟我说了，比让别人查出来好。魏继武说，查就查，有什么大不了的？我可以拍着胸口告诉你，我们公司的账，除了那一万五还没了断，其余每一分都是清楚的。钱建设立即问，哪一万五？魏继武毕竟还没醉，马上意识到自己失口了，遂不再说话。但钱建设的眼睛却亮起来。

这时钱建设那位同伴回来了。钱建设轻描淡写地说：一万五算什么？现在的人胃口大着了，你给少了他看都不看一眼。

魏继武说：可不是，一万多块钱起不了什么作用。

那位同伴问：什么一万多？钱建设说：刚才老魏讲，他们公司只有一万五的账目有问题。同伴立即睁大了眼睛，他不明白怎么他上了趟厕所，事情就有了实质性的进展。他立即拿出了本子。一见他拿出本子，魏继武也有些懵了，他不明白刚才那话他是怎么说出口的。

一直到现在，魏继武也想不清楚他是怎么钻进那个套子里的。你说是钱建设逼的吧，他好像也没逼，一直都在闲聊。但如果不是他这么反复纠缠自己，自己是决不会说的。一旦说出口，他就必须有个交代了。

当下他迅速在心里盘算着，下面的话该怎么说。

这时钱建设却说：算了，今天不谈了。今天老魏喝了酒，明天我们再找时间慢慢谈。然后他非常郑重地对魏继武说，希望你能严守秘密，不要把我们今天谈话的内容透露给任何人。这是纪律。我们也会替你保密的。关键是传出去了对你很不利。

魏继武当即揣上了心事。但他还没有意

识到问题的严重性。他想：就算是自己拿了那一万五吧。反正自己是公司的法人，处理万把块钱还不是小事一桩？临睡前他还想，要不要先去跟万局长通个气，或者跟周会计打个招呼？昨天下午万局长碰见他时，还主动问他检察院找他什么事。但在部队上养成的严守纪律的职业习惯，终于使他放弃了这个想法。他想，人家还特别交代过这事不能对外人说。

但没想到第二天，钱建设就一脸严肃地向他宣布：从即日起，他因涉嫌贪污而接受检察院的审查，不能再回家了。他什么也来不及做了。

他当时就弹了起来，说：贪污？谁贪污了？那一万五我全用在公司业务开支上的。钱建设说：可你们公司的账上并没有体现出来。他说不是告诉你最近一个时期有特殊情况没做账吗？钱建设说，你隐瞒那一万五已经有大半年的时间了，就算不做账，你也没向任何人打过招呼。他说，跟谁打招呼？我就是公司的法人。老实说，整个公司都是我一手弄起来的，我自己还贴了钱进去呢。钱建设说，我不管你是怎么办起来的，只要是集体性质，你们的资金就应当是集体的，私自隐瞒就是贪污。你是国家干部，又不是个体老板。

他妈的！魏继武一想到这儿，又忍不住在心里骂娘了。这个钱建设，好阴险！老子就这么莫名其妙地进了他的圈套。等以后出去了再找他算账。老子原先待他并不薄，他竟然这么对我，还说什么公事公办，坚持原则。狗屁！还不是想弄点成绩出来，好升个一官半职的。

骂了一阵，又觉得无用。魏继武这些天反复思量，觉得只有承认那一万五是自己拿了，否则事情还会复杂化。

那么，他是以什么理由拿的呢？当初为了做成这笔生意，他从自己家和妻子的弟妹那儿拿了三万五投入进去。后来为了还贷款，他又借了包括万局长在内的私人的10万元钱，当时说好了要给他们分红的。事后除了给万局长两千之外，其他人都没给。对，就从这一点说，那笔生意有私人投资，该拿。

想到这儿，魏继武就跑出去找老秦要了纸和笔，准备给局领导和万局长写封信，把这件事情从头到尾说清楚，让万局长他们出来替他说说话。尤其是万局长，他是知道这件事的。他觉得他应该相信他。他一个团职干部，分到民政局只当了个办公室主任，低了好几级，从没埋怨过。这么些年了，一直勤勤恳恳的。光这笔倒霉的生意他就为公司挣了六万，总不能大家得利他坐牢吧？再说他要是真的贪图钱财，完全可以根据公司的有关规定从利润中提成。按30%提成的话，他哪才止拿一万五？

他越想越觉得自己委屈，提出笔刷刷刷地写起来。

写着写着他忽然想，那些钱是怎么花出去的，就算是不告诉别人，自己心里应该清楚呀。有五千他能说清楚，作了业务开支，也跟周会计说过。其他就记不清了，反正是用来"打点"了。他开始在纸上一笔笔地算起来，结果前前后后全部加上，包括给万局长的两千，只算出七千多。怎么不够数呢？自己最多不过就是买了两条烟。怎么会差几千呢？

事情过去了大半年，而这大半年公司一直不顺利，他脑子里塞满了乱七八糟的事情，已经不太记得当时的具体情形了。恍恍惚惚地，他仿佛觉得，和他合伙做生意的狄跃进，事后并没有付给他七万五的利润，而是只给了七万二。

三

一大早，唐文娟就赶往长途汽车站。

两位律师说好了，今天一起来南庄县。她想在他们去见继武之前先见见他们。她有话要带给继武。昨天她听到一些很不好的消息，焦虑不安。她本想让钱建设再帮她带个条子给魏继武的，钱建设却不肯了，说这样做违反纪律。现在，她只有把所有的希望，都寄托在两个律师身上了！

唐文娟过去只在电影电视上见过律师，从没想过自己会和他们打交道。如今却真的打上交道了。不过一想到律师们一个个胸有成竹、能言善辩的样子,她心里就升起了希望。也许继武自己说不清的事,律师可以说清。

在最初决定请律师时,唐文娟并没有想到要去省城。她和家人商量,黄林建议就请县里的律师老张。在此之前黄林已被院长找去谈了话,要他回避此案,不打听不过问。他就索性休假在家了。他说老张比较了解县里的情况,各方面的人都熟,好办事。唐文娟也知道老张是他们县最有名的律师。继武刚办公司那会儿,他就来找过继武,说希望担任他们公司的法律顾问。继武当时没有答应,说公司刚成立,没什么业务,也缺乏资金。等以后发展了再说。谁知这才一年就有"业务"了。唐文娟因此也赞成请老张。

谁知还没去找,老张就托人带话来了,说他这次不能帮魏继武辩护,要避嫌。避什么嫌?唐文娟搞不懂。但既然人家已经明确表态了,当然犯不着去碰这个钉子。由此一想,恐怕本地别的律师也不会愿意的,他们就考虑去省城请了。

恰好这时继武托人带话给他们,说他有个战友在省城当律师,是个很能干很有两下子的律师。继武说他们在部队时关系就不错,今年年初战友聚会时还见过。他的事他一定会来帮忙的。

唐文娟在他的名片夹找到了那个律师的名片,就和文丽去了省城。她们在一个挤在繁华大楼中间的小楼里,找到了那家"明白律师事务所"。事务所里有好几间茶色玻璃隔开的办公室,唐文娟一眼就看到玻璃门上那排和名片上一样的"欧阳明明律师"几个字,因为它比别人的长出一个字来。

里面端坐着一个女人,唐文娟以为她也是来找律师的。但让她吃惊的是,她正是律师本人欧阳明明。文丽问了声:请问哪一位是欧阳律师?她就抬起头来笑眯眯地说,我就是。

一发现这位"很能干很有两下子"的律师竟然是个女人,而且是个文文气气的女人,唐文娟心里有些犯嘀咕。她看了文丽一眼,文丽倒是挺高兴,连忙将她们俩的身份介绍给了她。

女律师马上问:魏继武出事了吗?

唐文娟只有坐下来,一五一十地说给她听,文丽不时地帮她补充着。两人就像面对着医生诉说病情。女律师听完后笑眯眯地说,这个魏继武,有好事儿就想不起来我,出事了才想起我。

唐文娟一下觉得不对劲儿。这个律师,她怎么不生气?她的战友被抓了,她还笑?她小心试探道:如果继武这一万的贪污被确认了,会判多少年?

女律师说:五年以上。

她回答得居然挺轻松。唐文娟心里更不是滋味儿了。这个继武,干吗要坚持找她?他们之间不会……有什么吧?但看看女律师那副坦然的样子,不像。而且她一点儿不难过。

女律师又把一个小伙子介绍给她们,说是邹新律师,并说由他们两人一起来承办魏继武的案子。唐文娟连忙点头,多个男律师她心里要踏实些。

回家的路上她忍不住问文丽：你觉得这位女律师行吗？文丽很肯定地说，绝对行。据我观察，现在的女人做事，要么不行，要行起来肯定超过男人。你看那个小伙子，是她的助手呢。唐文娟很吃惊，说你怎么知道他是助手？文丽说，嗨，一看就看出来了。他很尊重那个女的呢。

唐文娟将信将疑。直到现在，她心里仍不踏实。

忽然有人跟她打招呼。唐文娟抬头，见是县里的律师老张。

老张带着几分歉意说：唐大姐，真抱歉，这次帮不上你了。你知道的，我在县里熟是熟，但有些事反而不好处……而且我听说，老魏这个案子还是县里抓的重点。

唐文娟一惊：怎么成重点了？老张说：一万元的数额刚好在重大案件的线上，你们老魏又是县处级干部。现在上面对县处级干部的经济问题抓得特别紧。

这话她听黄林也说过。黄林还说他们检察院下半年一共抓了三个县处级干部的经济问题，但那两个的问题都一直没查清，只有魏继武的案子最顺利，因为是他自己承认的，所以最先起诉。

唐文娟心里又焦虑起来。但她还是笑着对老张说：不管什么政策，不也得依法办事吗？我们已经请了律师了。

老张问：你们请的哪位律师？

唐文娟说：我们请了两位，一位邹新律师，另一位是欧阳律师。

老张马上说：欧阳律师？是那个欧阳明明吗？那可是个能干的女律师。你们怎么请到她的？听说她一般是不接小案子的。

老张这番话让唐文娟又诧异又高兴，没想到这个女律师还真有些名气呢。

唐文娟还没走到长途车站，一辆小车就停在了她的旁边。有人从车里伸出头来，是邹新律师。唐文娟很吃惊。上车后才发现，开车的竟是欧阳明明。看来这个女人真不能小看呢。

唐文娟心里踏实了许多。她打招呼说：没想到你们自己开车来了。邹新说，我是没本事，只能蹭欧阳老师的车。他叫她老师。

欧阳明明扶着方向盘，回头朝她笑笑，没有过多的寒暄，直截了当地问：魏继武知道我们今天来吗？

唐文娟说：知道。已经告诉他了。

欧阳明明又问：他这两天情绪怎么样？

唐文娟说：就是不好。昨天有人告诉我，说他在里面扬言，如果真要给他定罪，他就要把他知道的事全说出来，要倒霉大家都倒霉。欧阳律师，今天你见了他一定要劝劝他，他这样乱说对他一点儿好处也没有。本来我们在外面找人帮忙，他要是这么乱说，传出去谁还帮他？

欧阳明明笑笑：这个魏继武，这么沉不住气。她转头对邹律师说：他在部队就这样，爱发脾气，受不得委屈，得罪了不少人。但作风倒是比较正派，也比较能干，所以没受过什么大挫。这回肯定窝火。

唐文娟从她的话里听出,她对丈夫是比较了解,就不再多说什么了。她把手上的一袋水果递给邹律师,说,这几个柚子麻烦你们带给他。我怕他在里面没有刀子不好剥,已经给他剥好了。邹律师正要接,欧阳律师说:不行。我们不能带东西给他。这是规定。

邹新讪讪地说:水果问题不大吧?

欧阳明明不容商量地摇头,邹新只好把袋子还到唐文娟的手里。

唐文娟想,别看这女人文文气气,心肠还是蛮硬的。这样也好。人家说性格像男人的女人才干得了大事。

一转眼,车子已到了距县公安局几步之遥的街口。

唐文娟下了车,站在路边,看着小车向公安局的大院开去。她忽然觉得鼻子发酸,就这么近在咫尺,她却不能见到丈夫。

但忽然,她发现那辆小车拐弯了,它没进公安局,朝另一条街开去。怎么回事,这个女律师?

四

欧阳明明在车子就要开进公安局那个院子的刹那,忽然改变了主意。她对邹新说:我想我们还是先去法院吧。

邹新没说话,侧过头来,那意思显然是不明白。

欧阳明明说:我跟当事人很熟,如果一开始先听他说,我怕主观感情会影响我对案情的判断。还有,先看起诉书和案卷,可以找出疑问,这样再去问当事人时,就可以有的放矢的。

邹新佩服地说:我真得好好跟你学习呢,欧阳老师。

欧阳明明笑笑,也没说什么谦虚的话,这个小伙子刚刚通过律师考试,眼下还没有行业执照,所以在给她当助手。

南庄县法院在小城的边上,不和县委县政府在一起。这倒挺好。不过小城的人们似乎对法院不熟,欧阳明明停下车来问了两次才问到。

也实在是不显眼。

整个法院就是一个小院子,最像样的是一栋二层高的楼房。法院的牌子就挂在这栋楼的楼下。不过,在小院的旁边,一片旧楼刚刚被推倒,据说将在那里盖一栋大楼,作审判法庭。他们把车停在路边上,一起走上楼,找到了刑二庭。

门开着,屋里只有一个50来岁的男人坐在那儿,胳膊上戴着一副蓝颜色的袖套,头上还顶着现在已很少见到的咖啡色的栽绒棉帽。邹新有些疑惑,又转头去看门上的牌子,没错,是刑二庭。

欧阳明明已经开口了:请问您是孙庭长吗?

男人抬起头来,取下眼镜:我是。

欧阳明明笑容满面地说:您好孙庭长,我是明白律师事务所的欧阳明明。这位是邹新,我们俩是魏继武案的律师,今天专门从省城过来阅卷的。

孙庭长脸上没什么笑容，只是站起身来和他们握了握手。握手之后手依然伸着。欧阳明明马上打开她那个大包，从里面取出律师事务所的委托函以及红色的律师证，一起递给了他。孙庭长仔细看了之后，才点点头，从桌上拿了一份起诉书给她。然后他又走到屋里惟一的柜子前，仔细地找出钥匙，将柜门打开，拿出一大叠卷宗放到了桌上。

在他起身离开时，欧阳明明发觉孙庭长坐的竟然是把竹椅，上面还垫着一个碎布拼成的坐垫，心里暗暗觉得有趣。桌上放着一块牌子，上面写着"谢绝敬烟"四个红字。再接下来她发现，整个办公室只有这一把椅子，看来这位孙庭长不是个好客的人，换句话说，不是个好通融的人。

欧阳明明仍微笑着说：有看卷的地方吗？

孙庭长点点头，领着他们来到隔壁房间，对屋里一个小姑娘说：你到别处去待会儿，让这两个律师阅卷。小姑娘听话地走开了。

邹新小声说，这个孙庭长肯定是个倔脾气。

欧阳明明点头:我看出来了。不过,有时候我宁可和这样的法官打交道,也不想和那种喜欢通融的法官打交道。邹新似乎不明白。欧阳明明没有解释,说:抓紧看卷吧,这么多呢。

邹新拿出了纸和笔。

欧阳明明自己先看那份检察院的起诉书。她省略了前后内容,径直去看中间关键的内容:

被告人魏继武贪污一案由本院侦察终结,现审查查明:

199×年2月9日,被告人魏继武以南庄县兴华经济发展公司(以下简称甲方)与南庄县东方贸易公司(以下简称乙方)的狄××签订了共同经营水泥的协议,由甲方向乙方提供资金60万元,使用时间40天,到期由乙方向甲方支付本金、利润、利息67.5万元。同月10日甲方向乙方划款60万元。同年3月12日、3月22日乙方分别将甲方的67.5万元本金、利润、利息付清。被告人魏继武从中将收回该公司的利润、利息隐瞒一万元不交财务入账,予以侵吞。案发后追回全部赃款退给该公司。

上列犯罪事实,有证人证言、书证等证据在案,被告人魏继武的供述和辩解。

单从起诉书看,魏继武的案子可谓明白无误。

事情发生在今年2月?欧阳明明忽然想,她不就是在今年春节期间遇见魏继武的吗?当时他们连有位战友从美国回来,发起了一次战友聚会。她和魏继武都去了。这是她离开部队后头一回与战友们见面,很是开心。当年他们一起入伍的大部分战友都转业了,但当她得知魏继武也离开了部队时,还是感到了奇怪。她开玩笑说:我以为你会一直当到将军呢。魏继武叹气说:是啊,我本来也是这么打算的,还费气巴力地读了个军校。可没想到这么不顺。

原来他为一件小事得罪了师政委,而且得罪得很彻底,缓和的机会都没有,在副团的位置上干了六年后只好知趣地走了。他说他任副团时是师里最年轻的副团,33岁,后来就成了最老的副团。他还说他是憋着一口气回来的。

欧阳接过他递上的名片，上面印着总经理的头衔。她笑说：这可真不像是你的名片。魏继武也笑说：我这叫迂回战术，正面攻打显然已经不行了。欧阳也递上自己的名片，半是玩笑半是认真地说，我看你现在是进入了雷区，小心点儿吧，有事可以随时咨询我，免费的。

魏继武满不在乎地笑笑，说，放心吧，我这人一不贪二不色，能有什么问题？

欧阳说，难说呢，我可是见多了。别等有了麻烦才想起找律师。

从那次见面到现在，也不过就半年的时间。他还真的出了麻烦。欧阳明明想，这真像是命中注定呢。

说实话，如果仅凭印象和感觉，欧阳也是不相信魏继武会贪污的。他们在一个连队的时候，魏继武是出了名的艰苦朴素标兵。即使在提干以后他也是一副穷样子，抽最便宜的烟，除了军装，从不买便衣穿。也许是因为他有这个特点，上级才任命他为团后勤处的处长。在当处长的几年时间里，他最突出的一点就是廉洁，手脚一直很干净，连部队里特供的粮油都没有多买过一次。等他调去当副政委后，新任的处长很快就有了风言风语。

但人是会变的。这一点欧阳很清楚。她已经见到了太多太多的被钱腐蚀了的人。特别是在今天，整个社会都泡在了钱里，魏继武又不是圣人……问题是，从魏继武的思路来看，他眼下的心思的确还没转移到钱上。他还是想走仕途，说得好听一点，是想干更大的事业。

不想还真栽在了钱上。

欧阳正想着，邹新在一边说：欧阳老师，你这个战友好像人际关系不大好，这儿有好几个说他坏话呢。欧阳凑过去看，见上面一位民政局副局长的证词上写着，这个人平时自大傲慢，从不把领导放在眼里，所以犯这样的错误不是偶然的。另一个公司职员的意思也差不多，说他作风武断，不尊重人。只有那位姓万的局长说得还比较客观。

欧阳笑笑，说：这不奇怪，他那个脾气本

来就得罪人……与本案无关的，你就不要管它了。她点着万局长那段话说，把这一段抄下来。

邹新边抄边感慨说：真是墙倒众人推呀。欧阳说：我倒觉得这不能完全怪人心，"墙"本身也有责任。可能他过去的确使很多人感到压抑了，他挡了他们的阳光挡了他们的路，现在哗啦一下倒了，他们高兴也是很自然的。邹新很诧异地看着她，说：欧阳老师，你的思维方式可真不像女人。欧阳笑道：是吗？如果你这是夸奖的话，我可不想你这么夸我。邹新笑起来：不敢不敢。

他低下头去，专心地抄录那些与此案有关的重要证人的证词。

东方贸易公司狄××的证词

问：请你谈谈你和兴华公司合伙经营水泥生意的事。

答：我和兴华公司今年1月份共同经营了一次水泥生意。当时说好魏继武出资金，我来经营。我当时用房产抵押从他那儿划走了60万元，一个月后就先还了他20万，是转账付给他的。合同到期后就把最后40万连同利润、利息全部付给他了。利润和利息还是给的现金。实话说，这笔生意我根本没赚到什么钱……

问：利润利息是多少？

答：七万多吧？

问：确切是多少？合同上写的是七万五，你是按合同履行的吗？

答：当然是了。我还提前还了他20万呢。对了，我就是完全按合同履行的，给了他七万五的利润和利息。

——卷宗 P.41

公司会计周××的证词

问：东方贸易公司的狄某某付你们公司的利润利息时你在场吗？

答：在场。是魏主任叫我去的。那天下午魏主任打电话叫我去他办公室，说狄老板要来付公司的利润款。我就去了。3点多狄老板就提了个袋子来了，狄老板说这次生意他亏了，没挣到什么钱。魏主任不相信。我看他们俩在说话，就去另一个房间打电话了。等我回来，狄已经走了。魏主任把那个纸包交给我，我点了一下，有六万。魏主任说，这笔生意的利润是六万五，你先把这六万元拿去存上。他还说前段时间的业务开支都是他私人垫支的，他从里面扣出来五千。我问他借私人的那些钱呢？他说借私人的钱先还本金，其他的他到时候会考虑的。我就没多问了。

——卷案 P.43

民政局万局长的证词

问：魏继武从水泥生意的利润中隐瞒了一万元没有做账，这事你知道吗？

答：这事我不太清楚。他只跟我说这次和狄××合伙做的生意赚了钱，要感谢一下有关人员。我认为这是应该的。至于具体怎么做的我不太清楚。

问：请你谈谈魏继武平时的表现。

答：这个同志自从来到民政局后，总的表

现还是不错的,工作努力,肯吃苦,能力也强。就是性格有点急躁,不注意和机关领导及同志们的关系,有些时候缺乏通气和商量。

——卷宗 P.45

欧阳从卷宗里看出,魏继武的确已很被动。合同方肯定地说付给了他们公司七万五,会计说她只知道有六万五,领导亦说不知道他留了一万。就是说,所有的证词和证据都对他非常不利。卷宗里还有他退出的一万元赃款的收条。怪不得检察院把他作为了重点。

关键是他自己也承认了。

魏继武的供述

问:你们公司和狄××做这笔生意是怎么签的协议?

答:今年2月初,我在街上碰到狄××,我跟他说现在找不到生意做。他说他能找到,有一笔水泥生意可以赚钱,但没有资金。我就说我能搞到资金。于是我们就商定,由我出资金，他来经营。金额是60万，时间是40天。说好到期后他还我本金和利润、利息一共67.5万。我想如果做成了，我们公司一年的任务就完成了。我们就签了合同。

问：这笔生意做成了吗？

答：做成了。一个月后他先还了我20万，40天后就全部付清了。我把信用社的款还了，拿了六万交给会计存进了银行，五千元作业务开支。其实那五千元早就花出去了，是我私人垫支的。我只不过是取了五千还给自己。还有一万我想先放在我这儿，反正有些事情还没了。

问：留下这一万的事，你跟领导上打过招呼吗？

答：没有。我只跟万局长说，这次水泥生意赚了，还要感谢有关人员。

问：跟会计说过吗？

答：五千元作业务费的事说过，一万元说没说，我记不清了。

问：按你们公司的规定，你们和狄××

做这笔生意赚得的七万五千元，你认为该怎样处理？

答：应将所赚得的七万五千元全部交给公司财务入账，然后该拿多少就拿多少，通过合法手续领取才对。而我没有将公司应得的七万五千元全部上交，这是不对的。

——卷宗 P.16-17

问：你还有什么要补充的吗？

答：昨天我没说全，就是那笔资金里有我私人的三万五，另外，为了及时还清贷款，我也向私人借过钱。我昨天说我是从信用社贷的款，实际上我只从信用社贷了30万，另外公司账上有27万，还有三万五是我私人筹集的。有我弟弟的一万，我妹妹的一万，我自己的一万五。

问：那你昨天为什么没说实话？

答：我怕问题搞复杂了。

——卷宗 P.29

问：信用社的贷款是怎么还的？

答：因为信用社的贷款期限是一个月，狄××那里则是40天，中间差10天。但如果不准时还贷款，以后就很难再借了。我为了表明自己的信誉好，快到一个月时，我以私人名义借了10万块钱，还了第一次贷款。后来狄××提前付了我们20万，就刚好把信用社的贷款还完了。

——卷宗P.44

欧阳明明终于发现了问题，她在资金来源那部分划了重重的一道杠。60万元的资金里有私人的一部分投资，在以后还信用社贷款时又有私人的资金介入，起诉书对此却只字未提。但这对魏继武却是非常重要的。

另外她还看出，兴华公司有个规定，凡为公司赢得了利润的人，均可从利润中提取奖励。但这份规定在卷宗里没有找到。她合上卷宗，问邹新怎么看。邹新说：五千元的业务费有会计的证明，检察院给他除开了，但那一万恐怕很难摆脱，他自己都承认了。只有从他平时的表现和对公司的贡献上作一些辩护，以减轻判刑。欧阳听了只微微一笑。

邹新问：你怎么看，欧阳老师？

欧阳笑笑，说：我们还是见了魏继武再说吧。

五

欧阳明明一眼见到魏继武时，就发现他瘦了一些，关键是脸上没有了光泽，有一种晦暗之气。年初战友聚会时，他还显得挺滋润的。看来人都经不起这样的挫折。不过总的来说，他精神还算不错。都深秋天气了，也只穿一件薄毛衣。

尽管是在这样一种情景下见面，欧阳明明还是笑眯眯地说：怎么搞的嘛？魏继武也笑道：真不好意思，让你跑到这种地方来见我。欧阳说，这倒没什么，这种地方我常来。她转身指着邹新说：这位是邹律师，我们一起来办你的案子。

邹新和他握手,同时说:我是借这个机会向欧阳老师学习的。欧阳老师现在案子多得很,要不是因为你们是老战友的关系,她就不接了。魏继武说:我知道她会来的。她这个人讲义气。欧阳说:来当然要来的,就是跑起来不方便,太远了。

三个人一边说一边在审讯室里坐下来。

欧阳说:我们已经看了起诉书和卷子,现在你说说情况吧。

魏继武一下就激动起来,说:我被他们整了。他们反复问我,暗示我,说我们公司有问题。我就被他们绕进去了。他们说那些贪三万五万的都没事,还说只要退了就没事儿了。没想到我刚把钱退了,他们就起诉我,现在竟然把我和那些流氓小偷关在一起,真他妈的受罪。我成了社会渣滓了。你看我这两天,一下子白了好多头发。

欧阳见他涨红脸了,摆了一下手说:别激动别激动。我刚才见到你妻子,她就怕你激动。她让我带话给你，她听人说你在看守所里闹，说要把你知道的事全说出来，要倒霉大家倒霉，是这样吗？

魏继武愣了一下，说：我从没说过这话。

欧阳说：没说就好。我想提醒你一点，把事情闹大了更不利于解决。最好是就事论事，不要扩大事态。明白吗？

魏继武说：我明白。我肯定就事论事。我魏继武好汉做事好汉当，决不会乱咬人的。说我在这里闹？肯定是有人造谣，想让别人都不来管我。

欧阳说：别人管不管不是主要的，关键是你是不是真的贪污了？你要跟我说实话。

魏继武说：没有，我没有贪污。

欧阳说：那好，现在你就说说那一万五是怎么回事。

魏继武说：有五千是业务开支，我能找到证明。至于那一万，我是觉得我该拿，前期后期都有私人投资，其中我们家里人一开始就投了三万五。

欧阳说：从头讲，讲具体。

她边说边从她那个硕大的皮包里拿出了纸和笔。

魏继武顿了一下，说：我想抽烟。

欧阳做了个请便的手势。魏继武就拿出烟来点上。欧阳注意到他抽的是红塔山。看来人的确是会变的。

魏继武垂着头，烟雾飘过脸颊，在他的头顶上绕着。

本来他一直在等欧阳来，一直渴望着人来听他申诉。这些天他不停地写信，写了两封，一封给检察院，一封给民政局领导。但都没起什么作用。他想他只能等律师来替他辩护了。现在欧阳明明真的来了，他又觉得脑子里很乱，不知该从何说起。欧阳不是别人，是战友，是他的律师，他应当毫无保留地把一切都告诉她。但恰恰因为欧阳是战友，有些事他又不想对她说，他怕她看不起他，嘲笑他。那毕竟不是什么光彩的事。

欧阳说：怎么了？

魏继武抬起头来，说：没什么，我在想我该从哪儿说起……那笔生意的经过你可能已经知道了。狄老板当时说，只要我筹到钱，他就有把握干成。我想不到一个多月就能赚七万多，还是很不错的。当时实在是找不到生意做，我们公司五万元的利润指标还没有完成。要说在这事上我有什么私心的话，那就是面子观点，争强好胜……

欧阳笑道：我想也是这样。

魏继武接着道：可公司账上所有的钱全部凑齐只有27万左右。我就去找信用社贷款。信用社的刘主任和我平时关系不错，公司刚成立时我曾找他贷过一笔款，到期我马上就还了。他觉得我很守信用，而且我对他……反正我们关系不错。所以我又去找他，让他帮我贷了30万。到了签合同的前一天还差三万，我不想错过这笔生意，就只好从家里拿。我让我老婆取了一万五，又找老婆的弟妹各拿了一万。后来为了还贷款，我又在民政局内部找私人借了10万元……

欧阳明明有些惊讶：这么多？

魏继武说：对，光是万局长家里就借出四万。我跟他们说只借半个月，给高息，他们就借了，是会计小周经办的。因为有这么多私人的资金投入，生意做成以后我自然就留下一些没上公司的账，我想以后给大家分了红再说。事情就这么简单。所以检察院的人套我话，说公司有经济问题，我想这算不了什么嘛，就把这个说出来了，没想到……

欧阳明明问：那你向检察院的同志说明了有私人投资后他们怎么说？

魏继武生气地说：他们居然说他们不管这些，说这是我自己愿意的，属于无私奉献。我说这是商场，没有奉献这一说，一切都应以经济规律为准。但他们不听，也不把我这些话记上去。说实话，要不是我及时组织私人资金，这笔生意根本就做不成。现在我为公家赢得了利润，自己反倒蹲上班房了……

欧阳明明打断他的话说：现在重新开始，你一件件地把刚才的事说一遍，不要过程和原因，只讲具体的，我问一个你讲一个。小邹，从这儿开始记。

魏继武觉得欧阳明明一进入工作就好像换了一个人似的。他踩灭烟头，直起身来，开始认真回答。

会见被告笔录

会见时间：1995年11月3日

会见地点：南庄县看守所

会见人：欧阳明明　邹新

被会见人：魏继武

问：私人借款是以什么名义借的？

答：以我个人的名义打的欠条。说好了以后要给利润的。

问：这笔生意上账了吗？

答：没有。因为在和狄××做这笔生意的同时，公司发生了一起诈骗案，就停止做账了。这事我跟局里领导说过，准备等那起诈骗案一了，把私人的利润分了，就上账。

问：你们公司是否制定了关于开展业务的有关规定？

答：是的，有一个规定，是公司刚成立时制定的。主要内容就是调动大家的积极性，凡是为公司赢得了利润的都可以从利润中提取奖金。

问：还有什么要补充的？

答：有一件事希望你们能去调查一下，我现在回想起来，狄跃进没有付给我七万五的利润，好像差两三千。他说他有20万元是提前还的款，应当从利润金额中扣除一些，我就同意了。但扣除了多少，我记不清了。

问：有没有什么要求？

答：我希望早日开庭，并且公开审理，不然我就没法洗清自己了。

魏继武看了一遍记录，签上了字。

欧阳明明合拢卷宗，恢复了笑意，说：如果一切都如你说的这样就好办了。第一，我认为私人投资应当享受利润；第二，这笔生意尚未做账，还不能说一万元被隐瞒了；第三，你完全可以因为这笔业务而从公司提取更多的利润，但却没有这样做，你没有贪污的动机。基于这三点，我想我们可以为你作无罪辩护。

魏继武激动得脸一下子红了，半天说不出话来。

邹新也在一边瞪亮了眼睛。他不明白欧阳律师怎么这么快就理出了思路。

欧阳又慢条斯理地说：不过这几点都要一步步地去证实，要拿到确凿的证据提交给法院才行。

魏继武说，你肯定会找到的，我现在一下子有信心了。欧阳，全靠你了。

欧阳说：我和邹律师会尽力的。

魏继武忽然又问欧阳：你还记得咱们营无线连的钱建设吗？欧阳说：哪个钱建设？不记得了。魏继武说：就是每次咱们营看电影比赛唱歌，喜欢当拉拉队长的那个，比咱们晚两年入伍。当时是无线连的文书。

欧阳想了一下，摇摇头：没想起来。

魏继武说：嗨，就是那个"咬不咬"嘛。

欧阳笑道：噢，那个"咬不咬"呀，想起来了，想起来了。

有时候就是这样，绰号比正名更不易被人忘记。因为绰号里往往有故事。比如这个"咬不咬"，当时他组织拉歌时，总是这么三句：某某连唱得好不好？某某连唱得妙不妙？再来一个要不要？但他说要不要时，总是说成"咬不咬"，于是大家就给他取了这个"咬不咬"的绰号。有趣的是，每次他问"咬不咬"的时候，他们连的战士就万分开心，齐声喊道：咬！这一"咬"，往往把别的连也逗笑了。于是就成了他们营的佳话。

想起这件往事，欧阳直想乐。但魏继武一点儿不乐。他生气地说：这次就是他在搞我，他现在在我们县检察院反贪局。

欧阳说：人家检察院就是干这个的嘛。

魏继武说：问题是他一点儿不顾战友情。

欧阳说：你这样想吧，如果是你在检察院呢？你会因为战友情放弃原则吗？可能恰恰因为你们是战友，他更要表现出他的原则性来。

魏继武说不出话来。

欧阳劝慰道：我并不是帮他说话。我是希望你能经常换个角度想问题，这样就不会那么生气了。我想通过这次这件事，你一定能长很多见识。

魏继武点点头。

这时邹新已经收好了记录。欧阳站起身来，说我再问你一个问题，你也可以不回答：你拿了那一万之后，分给你的家人和那些借钱给你的人了吗？

魏继武顿了一下，老老实实地说：没有。我只给了万局长家里两千。我想人家万局长支持我们做生意，不能让人家吃亏。剩下的……反正我自己没用。

欧阳道：好了，与本案无关的，我不问了，你也不必多谈。你再想想，看还有什么对你有利的情况可以提供，我过一段时间可能还会再来。

从看守所出来，邹新说：欧阳老师，我现在有点儿开窍了。这个案子的关键是不是就在于私人投资上？

欧阳说：是的，私人投资是否应当享受同等利润，这是本案的关键。现在我们有几件事要做，第一，去有关部门咨询允许私人投资、谁投资谁受益的政策条款；第二，把魏继武当时向私人借款的借条找到；第三，就是向事务所报告我们要为当事人作无罪辩护的打算，征得他们的同意。

邹新兴奋地说：没想到办的第一个案就是无罪辩护。

欧阳笑笑：要有思想准备，可能阻力会很大的，现在我们去县民政局。

六

出租车慢慢滑到街边，欧阳明明还没等车完全停稳，就已经拿出了钱。她把钱往车前一搁，说了声谢谢师傅，就匆忙地拉开了车门。看看表，快8点了，她想唐文娟他们一定已经等了好一会儿了，说好的是7点半。

下午她为一个劳动争议案去轻工局取证,还没完事就接到一个顾问单位打来的传呼,说有急事请她马上去。她匆忙赶到那家建筑公司。因公司就在一处工地里面,情急之中她就将车子停在了路边。等晚上她谈好了事出来,才发现自己的车牌已被下了。一定是停错了地方,被交通民警下的。想到今晚已和魏继武的家人及有关证人约好了见面,她只好先拦了辆出租车赶过来。

走进茶坊,一桌人正坐在那儿喝茶等她。欧阳明明连声说:对不起,对不起,让大家久等了。唐文娟站起来说:没关系的。我们知道你忙,等等没事。邹新已经先来了,他起身介绍说:这位是民政局的万局长,这位是公司的会计小周,这是唐文娟的妹妹,这是唐文娟的弟弟。

欧阳明明和他们一一握过手,并一一递上自己的名片。

万局长也将自己的名片递给她。

那天欧阳明明见过魏继武后,本想马上去

见万局长及会计的。但唐文娟说：万局长希望她先不要到民政局去找他，他可以来省城见她。他有话要跟她说，在民政局见不方便。欧阳明明非常理解，就安排了这次会面。

服务员问欧阳明明要什么茶。欧阳问，有点心吗？小姐说只有瓜子花生。邹新问：你还没吃晚饭？欧阳明明坦白地点点头。唐文娟立即站起来说她去买点儿。欧阳明明没有反对，她实在是很饿了，因为饿，胃又隐隐地痛起来。只好先喝几口热茶。

邹新说：欧阳老师，刚才万局长他们谈了一些情况。万局长说，如果魏继武早告诉他留了一万块钱的事，就没事了。

欧阳明明抬起头来看着万局长。万局长叹了口气，说：我就是一直为这个生他的气。这本来不是什么大事。他是公司法人嘛，处理一万块钱算不了什么。可是他又犯老毛病了，事先不说一声。最气人的就是检察院已经查到这事了，我问他他还不说。如果那天他告诉我了，我心里有个准备，检察院问到我时，我就说我知道这事,他和我打过招呼,不就完了吗?他死不说,真要命!不跟我说,也不跟小周说,这下好,自己把自己套住了。

万局长说得很激动,看得出他是真生气了。而且欧阳能感觉到,他这种生气是建立在替魏继武难过的感情上的。

唐文娟也幽幽地说:他太老实了,人家检察院的人叫他回来不要说,他真的就不说,一点儿也不会保护自己。他要是跟万局长通个气,就没事了。

欧阳明明马上想到了卷宗里万局长的证词中所说的"缺乏通气"的话,不禁莞尔一笑。这些当领导的说起话来,的确是有的放矢。

邹新递过来一份文件,说:这就是魏继武说过的那份公司关于开展业务的规定,今天周会计带来的。欧阳明明翻开,第一款就是关于为公司做成业务后的提成办法。其中纯利润在五万元以上的,可支付30%。欧阳心算了一下,如果根据这一条来办,魏继武这笔七万多元的业务,至少应得二万的奖励。她扬起手来问万局长,这规定是有效的吗?万局长说:是有效的。

这时唐文娟已将点心买回,欧阳明明接过来,一边吃一边继续问万局长:平时公司里的业务你们过问吗?万局长说:一般不过问,除非是比较重大的事。比如上次发生的那个诈骗案,要把钱转移出去,这个我们专门开会研究过的。其实也就是10来万块钱。可我们局里好不容易挣点儿钱,哪能轻易让人弄走了?也不知是哪个人把这事捅给了检察院。检察院本来是冲着这个事情来的,没想到节外生枝,反倒把那个事给整出来了。

周会计说:主要是魏主任平时比较耿直,得罪了很多人。有人就想他倒霉。

万局长摇头说:哪里那么简单。我知道,有些人是冲着我来的,是想看我倒霉。欧阳律师,不瞒你说,我们南庄县很快就要改成县级市了,最近这半年就有了不少传闻,惹了些是非……

文丽插话说:很多传闻说,万局长要进市

常委班子。

万局长摆了一下手：其实我是无所谓的，但有人在乎，于是很多人一下就关心起我们民政局来，包括我们自己内部的一些人。找不到我的碴就找老魏的碴，他们认为老魏是我的人，说我护着他……问题是老魏本质上是个好同志嘛，他为民政局做了不少事，他就是脾气不大好，但不能发一次脾气就把功劳全抹杀了。

欧阳明明说：这么严重？能具体说说吗？

周会计说：比如局里有的人找他报私账，他就说不能报，不给签字。人家就觉得他掌了权不给面子了。人家总认为办公司就有钱，其实我们公司并没有多少钱。魏主任害怕那些人都来揩油，所以谁想来沾光他都不认，而且还发火。所以这次他一出事，好多人都说他是假廉洁，想看他的笑话。

唐文娟说：他脾气不好。有一回几个孩子在我们院里的树上荡秋千，他一看见就骂起来，说把树都搞死了。惹得好几个家长都不高兴，都是局机关的。我说别人都不管，就你偏要去管。他说我是办公室主任，本来就该管。

欧阳认真听着。其实她明白这些琐碎的小事帮不上什么忙，但她知道恰好就是这些琐碎的小事形成了大事件。任何事物的形成都有它的因缘。问题是有时明了了因缘，也并不一定能解决问题。她的胃依然在痛，她隐忍着。

这时周会计说：欧阳律师，你让我找的借条，我好不容易找到一张，是我自己的。她把一张皱巴巴的纸递给欧阳。欧阳看了一下，上面果然写着借期一个月，到期还本付息。但没写利息是多少。底下盖有魏继武的私人印章。欧阳问：其他借条也是这么写的吗？周会计说是的，都是我办的。有四五个人的。她说这话时，看了万局长一眼。

万局长开口道：我正想解释一下这件事。老魏当时向一些同志借款，是为了公司的利益，想按时归还贷款。我想这没什么不对的。但我真的不知道我的家属也参加了，我是不主张家里人掺和到公司里去的。所以我在想……

如果不是必须的,这事就不要提我了,希望各位能理解。

欧阳说:魏继武是以私人名义借的钱,不属于非法集资。老实说,他这样做是很担风险的。万一这次生意砸了他就完了。他怎么赔偿?

万局长道:是的是的,我知道这不是什么违法的事。我主要是不想让事情复杂化,要是有人知道我也参与了这次生意,更该添油加醋了,对老魏也没有好处。就笼统地说向私人借了一部分款好不好?

欧阳点点头,表示可以理解。四万不是个小数目,如果让外人知道了,定会有闲言碎语的。特别是事后,魏继武又只给万局长一家付了利润,且数字不小,旁人知道了事情的确会更复杂。这个魏继武,你说他马虎吧,对领导还是很周到的。她转头问周会计:魏主任答应给大家利息,给多少有口头承诺吗?周会计说,有。他当时说等赚了钱和公司享受同等利益。那事后呢?事后他说利润的事他会考虑的,以后再说。但以后就没再提了。

文丽插话说：我姐夫从我和文林那儿也各借了一万，时间是40天。当时也是说好与公司享受同等利润的。后来姐夫可能有什么急用，就没有再提利润的事。

文林也说：他肯定是有原因的。我们不怪他。

唐文娟叹气道：你看他都做了些什么事啊？自己担那么大风险，还把家里人都惹得不开心。你说他这个人怎么搞的嘛！说着说着眼睛就红了，低下头去。大家一时无话。

还是万局长打破了沉默，说：欧阳律师，我听唐文娟说，你要为魏继武作无罪辩护，能跟我们谈谈你的具体想法吗？

欧阳明明点点头：当然可以。

她本来就要谈的。她想听听他们的意见，看还有什么可补充的。虽然已做了7年律师，但欧阳始终认为一个人的脑子是有限的，难免出现疏漏。多听听意见有好处。于是她隐忍着胃痛，把自己理出的几条思路一一说了出来。

万局长频频点头，说：很好，很有道理。

我还可以补充一点,他是不可能有意隐瞒的。你想那合同是明摆着的,利润有七万五千,这一点公司会议上其他人也都知道。怎么可能隐瞒?他自己又主动向检察人员说了这件事,所以不存在隐瞒嘛。

欧阳明明接过话说:对,他最多不过是没有完善手续。很好,这点很重要。小邹你把它记下来。好了,现在我心里已基本有底了。万局长,今天我只是找你们了解一下情况。正式取证可能还得在你们局里做。其实也很简单,我和邹律师过两天再到民政局来找你们,你们再把刚才的证词说一遍就行了。万局长主要是讲讲公司的性质、任务、人员组成等等,还有,公司这个规定是否有效,以及将公司的款以私人名义存入银行的事。万局长说:没问题,我今天讲的都是实话。我之所以想先来见你一面,主要是想听听你的看法。现在我心里也有底了。

欧阳又对周会计说:到时候我们也会找你。你主要是谈这笔业务经费中私人投资的情况，还贷款的情况，以及拿到利润后的情况。包括私人借款是以谁的名义借的，当时是怎么说的。你只要实话实说就行了。这张借条你先收着，我们来时你再给我们。

周会计亦点头，收好了借条。

欧阳说：那就先这样吧，你们还要赶路，我也还有事。

大家就先后出了茶坊，欧阳察觉到唐文娟两个弟妹好像有什么事，几次欲言又止。她走到路边正要拦车，文丽和文林一起走了过来。

文丽说：欧阳律师，我和文林想好了！如果能帮姐夫说清这个事，我们愿意承认他给了我们利润，说多少都行。

原来是这样。

欧阳笑笑，说：你们的心情我理解。但是这没什么用。他有没有给你们利润，是他和你们之间的事。而他拿了公司的钱是他和公司之间的事，各是各。他案子的症结在于"私自隐瞒"。隐瞒下来用到哪儿去了，可以说与本案无关。再说我也不希望你们作伪证。放心吧，我会尽力的。继武知道你们有这份心意,一定会感到高兴的。

文丽和文林这才与她握手告别。

七

邹新和欧阳律师一起到南庄县民政局取证时,邹新差点儿露了"马脚"。

那天他们到民政局时,万局长的办公室门敞着,没有人。他们就走到隔壁的办公室,那门上挂着副局长的牌子。邹新想,小小一个县,在这种事上倒是一丝不苟呢。屋里坐了一个50岁左右的男人,想必就是某副局长了。欧阳跟他自我介绍了一番,说是魏继武的律师。那个男人就站起来和他们握手,并拿出自己的名片。原来是严副局长。严副局长听明了他们的来意,马上去叫再隔一壁的邵副局长。大家都非常严肃地握手。

正在这时,万局长从走廊那头过来了,大概是去了厕所。邹新一眼见了,觉得十分亲切——总算在严肃的气氛中见到一个熟面孔，忍不住高兴地说：万局长来了。但万局长像没见着他们似的，径直进了自己的办公室。邹新这才反应过来，他是不该认识万局长的，连忙噤了声。欧阳机敏地说，你怎么知道那是万局长？邹新也机敏地答道：我看他去了万局长的办公室。严、邵两位副局长都笑起来。严副局长说，走吧，咱们到万局长的办公室去谈。

进了万局长的办公室，欧阳公事公办地介绍了自己和邹新，万局长也就完全不认识似的接过了他们的介绍信，然后将自己的名片拿出来一一递给他们。邹新在一旁实在是觉得好笑，这情景有点儿像搞地下工作，万局长好像是事先潜伏在里面的内线。但看看欧阳律师，却是一点儿不笑，已经开始提问了。他也连忙拿出纸笔，投入工作。

那位严副局长果然如万局长所说，对魏继武颇有成见。他的回答总是很有保留。而那位邵副局长，则比较顺从万局长，一般来说万局长提出的说法，他都同意。其实要问的问题就是那么几个，邹新心里早已熟悉了答案。但如果不正式地履行一下手续就会生事。用万局长的话说，本来是公事，一不小心就变成了私事，搞得沸沸扬扬反而不好办了。

只有一个问题显得特殊一些，就是关于兴华公司将公司的钱以私人名义存在银行的事。那位严副局长坚持说此事他不知道，没有人告诉他。万局长有些恼火地说：那个会你不是也参加了吗？严副局长说：我参加会的时候你们已经决定了，事先我不知道。欧阳说：不知道不要紧，检察院已经调查证实了。我们不过是从我们的角度再证实一下。邹律师，你把这个问题单独写一张纸。

在最后签字时，那位严副局长果然没有在第二张调查笔录上签字。

接下来找会计取证，仍是假装不认识，一本正经地面对面坐着，一问一签一记，最后是审阅签字，丝毫不差。完事之后，万局长客气说：吃了饭再走吧？欧阳说，不麻烦你们了，我们还有事。大家依次握手告别，说了不少客气话。

一坐上车,邹新就笑起来。欧阳说:你笑什么?邹新说,我们跟搞地下工作似的。欧阳说:没办法,万局长顾虑很多。邹新老到地说:中国的人际关系本来就复杂,这种小地方就更复杂了。欧阳将车钥匙插上,说:是啊,咱们倒是办完案就走了,人家还得继续在这儿生活呢。所以在不违背原则的前提下,能依着他们就依着他们。邹新说:我发现你挺能理解人的。欧阳笑道:干咱们这一行的,不理解人就没法办案了。

她将车子启动,征询地望着邹新:你看下一步咱们该去找谁了?

邹新想了一下,说:找那位狄经理,几个主要证人就差他了。

欧阳道:好,现在我们就去理解理解他。魏继武上次跟我说,他记忆中,这位狄经理当时并没有付给他七万五千的利润和利息。差了几千,是两千还是三千,他记不清了。看我们能不能从这位狄老板身上得到些什么。我研究了一下他们的合同，合同上有一条写明，如果乙方，就是狄跃进那方，提前或推后付款，就要在利润中相应增加或者减少。

邹新说：既然写得这么清楚，魏继武怎么会记不清了呢？老实讲，我觉得你们这位战友做生意也做得太糊涂了，弄不清挣了多少，也弄不清少了多少。难怪他要倒霉。

欧阳同意道：是的。我看他是把公司当成自己家的了，他以为这家公司是他一手办起来的，从无到有，点点滴滴。他还是法人，他想怎么弄就怎么弄。他就忘了这家公司的性质毕竟是集体的，他不过是在为集体挣钱。他不是老板，是国家干部。

邹新说：你跟他谈过这些吗？

欧阳一边将车子倒出，一边答非所问地说：你看民政局这个院子，绿化得很不错吧？据说全是魏继武来了之后搞出来的。他觉得他一直在尽心尽力地干，做贡献，现在却掉进了泥坑，让那些什么事都不做只知道揩油水的人来看笑话，他哪里想得通？哪里会认为自己有错？他只会觉得自己冤枉、委屈。人最难的，就是承认自己错了。

她将车子挂上挡，慢慢向门口滑去。

面前这个狄老板，和邹新过去所见到的各种老板差不多。他们都像是某个老板培训班成批培养出来的，头发因为上过摩丝而亮着，西装领带已穿得比较像样了。面色菜黄，眼袋也因睡眠不足而十分明显。夹着香烟的手上，戴着一个方方正正的大戒指。他接过欧阳和邹新的名片后，从怀里拿出自己的名片盒来，取出名片递给邹新和欧阳。欧阳看了一眼名片，说：怎么，狄老板不在东方贸易公司了？

狄老板满不在乎地说：那家公司我不想办了，生意做不起来。现在我准备开一家娱乐城，吃喝玩乐全有。马上就要开张了。

欧阳明明很有兴致地说：噢，那好嘛。现在娱乐行业还是很赚钱的。

狄老板高兴起来：说好赚其实也不好赚。我们这儿有几家都垮了。但是我这种人是不会盲目上马的。我是搞懂了才做。

欧阳明明说：我看关键是投资。投资大就可以上档次。上了档次才好经营。现在那种小打小闹已经不行了。

狄老板说，欧律师你满在行嘛。

欧阳明明笑笑：道听途说而已。

邹新不明白欧阳干吗跟他说这些？他竟然叫她欧律师。难道他没听说过欧阳这个姓吗？但他还是沉住气听下去。他想，欧阳律师一般是不会说废话的。刚才进来之间，她就跟邹新说，今天不一定作记录，可能问不出个名堂。但可以摸摸底细。

欧阳又问：现在搞娱乐业贷款比较难吧？

狄老板说：那也要看是谁了。不瞒你说，县银行已经划给我 80 万了。另外我还找到几家愿意投资入股的单位，都是些很有来头的单位哟。靠着他们，生意的来源就没问题了。哼，上次我让魏继武帮我找信用社贷款，他小子还牛气，不把我们这些人放在眼里。现在怎么样？离了他我一样能找到钱。

欧阳明明笑眯眯地说：当然，魏继武现在哪能和你比？你在这儿干得热火朝天，他可是蹲在冷冰冰的看守所里。

狄老板吐了一口烟说：他自找的。老实讲，他实在是有点儿傻，只有傻瓜才会因为那么一点儿钱就进局子，真的。

欧阳说：现在进不进还没准呢。我们这不是来找你调查了吗？

狄跃进说：我没什么可说的了，那些情况我跟检察院和法院的人都说过了，就是那样的。我履行了合同，一完事就给了他七万五。

欧阳明明说：可是魏继武说，你没有给他那么多，少给了三千。

狄跃进愣了一下，站了起来：他说我少给了他三千？

欧阳明明点点头，显得很有把握的样子。

狄跃进反问道：他有证据吗？说我少给他三千。

欧明明阳道：证据倒没有。因为当时只有你们两个人在场，没人能证明。

狄跃进复又坐下，说：就是了，没证据怎么能算数呢？他要说我少给他一万你也信？

欧阳明明道：当然不会。但少给了三千这一说，虽然没有确凿的证据，却有理可推。当时你们两家公司的合同上明确写了一条：如推后或提前还款，应在利润合同中追加或扣除。对吧？而你正是提前10天还了20万。以狄老板的精明，不会忽略这一点吧？

狄跃进一时怔在那儿，没有说话。

欧阳明明语气十分温和地说：我想你肯定不会有意说假话的，以前检察院问你的时候，你可能把这事给忘了，对吧？这也是难免的。如果真是忘了的话，现在想起来也不算晚。法庭需要讲真话。对你来说，要做大生意，干大事，信誉也是很重要的。是不是？

这时响起了传呼机的鸣叫声。

狄跃进低下头在腰间看了一眼，马上站起来说：这样吧，欧律师，你让我再好好想想，时间长了，我记不清了。

欧阳说：好的，你先想想。如果想起了

什么，就和我联系。要知道，你的话可能关系到魏继武后半生的命运。我知道他过去得罪过你，但是以狄老板做大事业的气魄，是不应该计较的，更不会因为他得罪过你，就在这样重大的事上整他，你们毕竟还是同乡嘛。再说一旦传出去了，恐怕对你也不好。是不是？

狄跃进连忙说：当然当然。不存在他得罪我，他没有得罪我，我们关系还可以。我这个人心肠软，从不整人。如果想起来了，一定帮他证明。不过……就算我少给了他三千，他也还是贪污呀，他拿了一万呢。

欧阳明明笑眯眯地说：那就是我的事了，你只管讲真话就是。过一周我再来找你，希望那个时候你想起来了。

好的，好的。狄老板频频点着头，一直将他们送上车。

一上车，欧阳脸上的笑容就没有了，她马上将车子发动，说：现在咱们抓紧时间去一趟法院，找孙法官谈谈。

你估计他会修改证词吗？邹新问，他还想

着狄老板的事。

欧阳明明摇头：很难。我原来阅卷时就发现，狄老板在说他付给魏继武利润时不太肯定。他先是说好像付了七万。后来检察员提示说，是不是按合同付的？他才肯定说是按合同付的。那么合同是多少？是七万五。我就觉得这里面有差。刚才他说他让魏继武帮他贷款魏继武没干，我一下明白了。肯定是魏继武一直瞧不起他，觉得他是个体户，不想用自己的关系来帮他。这就得罪了他。再加上取证的人有一种暗示，他自然就……

邹新说：哦，是这样。所以你就威胁他？

欧阳说：我威胁他了吗？

邹新说至少是吓唬了一下。

欧阳笑道：你想他这个人，文化水平不会超过初中，在生意场上混了这么多年，原来那点儿纯朴也没了，要指望他出于正义来帮谁，是很难的。他的一切行为都是利益使然。所以我对他基本上不抱希望……不过，现在的关键还不在这儿，而在于法院是否承认私人投资应该享受同等利润这一点。我们还是把希望寄托在法官大人身上吧。

邹新颇忧虑地说：我有个感觉，孙庭长不会同意我们的看法，他百分之九十九会认定魏继武犯有贪污罪的。

为什么？欧阳问。

邹新道：看他那样，显然是个清官。清官对贪官是不会有你那种宽容的态度的，肯定深恶痛绝，抓一个算一个。

欧阳笑起来：没错。如果他仅仅是个清官，也许如你所说。但也许他还是个称职的法官呢？一个称职的法官是不以个人好恶来办案的。如果他以公正的态度来看魏继武，就应该明白魏不是贪官。

邹新道：但愿如此。不过，我总觉得中国目前还很难有这么全面的人，既廉洁，又很有能力。难。

这时，县法院的那栋灰色的二层楼已出现在他们的视线内了，欧阳一面减了车速一面说：小小年纪，看问题居然这么悲观。跟你说吧,我就认识这么一个全面的法官,或者说优秀的法官。既廉洁,又有能力。真的,以后我带你去认识认识……她一边说着话,一边将车子停靠在路边上,又说,当然了,他也有毛病。

邹新马上问:什么毛病?

欧阳熄了火,取下钥匙,然后笑眯眯地说:长得难看。

邹新愣了一下,两个人大笑起来。

清官居然不在办公室,让欧阳和邹新吃了个闭门羹。两人慢腾腾地走下楼来,盘算着下一步。邹新眼尖,一下就看见了站在门口的魏继武的妻子,她像是特意在等他们。他们走上前去。

唐文娟远远地笑道,我猜你们可能来这儿了。去吃饭吧?快12点了。

欧阳一看表,可不是,怪不得庭长不在。欧阳说,那好,就先吃饭。唐文娟和他们一起上了车。她说她的弟弟妹妹已经在饭店里等了。吃火锅好不好?她问二人。邹新回答说随便。欧阳却坦言道:好,我就爱吃火锅。

欧阳觉得几日不见，唐文娟又瘦了，而且面容憔悴。她很想安慰一下她，可一时也找不到话说。唐文娟忧虑地说，她从黄林那儿得到消息，魏继武的案子县法院非常重视，一个副院长亲自负责，当成大案在办，而且已经到省城中级法院去汇报过了。欧阳与邹新交换了一下眼色。欧阳劝慰说：你不用那么愁，嫂子。他们重视这个案子不是什么坏事，有中院替他们把关，免得他们主观行事。

到了饭店门口，欧阳还没停稳车，就见文丽和文林一起跑了过来，文丽神色不安地说：咱们换个地方吧，检察院的几个人也在这家饭店吃饭。欧阳说：他们吃他们的嘛，我们吃我们的。律师和当事人的家属在一起是很正常的。你们不必顾虑。

大家遂跟她进了店门。

进了火锅店，唐文娟还是把大家领进了一个单间。欧阳虽觉得没必要，但她理解唐文娟的心情，没再说什么。进单间之前，她果然看见几个大盖帽坐在那儿。她想看看有没有熟悉的面孔。魏继武说他那个检察官是他们的战友,那个"咬不咬"。她还没会过他呢。但人影晃动,她没看清。

八

邹新想不到一个并不复杂的案子办起来会那么复杂,似乎每走一步都有牵牵绊绊的事。难怪欧阳律师开玩笑说:这个魏继武真是整我的冤枉了,给他办这个案子,收的那点儿费还不够我的汽油钱呢。邹新也开玩笑说,你就当是法律援助吧。欧阳说,我这是友情援助。她一边说,一边小心翼翼地开着车。又驶到那段坑坑洼洼的旧路了。

这是他们第三次去南庄县。

省城通往南庄的公路,是去年才修好的,照说还新着哩,但因为有两段路牵扯到重新造桥,所以依然保留着旧的路基。邹新对此感到不解,难道修路不包括造桥吗?每次走到这一段,欧阳都非常小心地放慢车速。这会儿她一面向窄窄的桥上移动，一面接着刚才的话题说：你看唐文娟的脸色，越来越憔悴了。邹新说：我还以为你不会心软呢。欧阳道：我并没有心软呀。心软有什么用？邹新笑笑，放弃了这个话题。法院一般要多长时间才开庭？他问。欧阳道：这个没准，要看结案情况。有长有短。我手上有个案子，当事人已经关了两年了，还没开庭呢。邹新惊讶道：是吗？

欧阳忽然"哎呀"了一声。邹新忙问怎么了？欧阳说：你看，我每次看见这丛芦苇，就想搞点儿回去插花瓶，但每次都忘了带工具。邹新顺着欧阳的视线看过去，果然在桥头的土坡上，生着一大丛颇为壮观的芦苇，每一支都开着雪白的芦花，随风摇曳。邹新想象着把它们插在家里的样子，大概是挺漂亮。就说：下次我帮你记着，带把大剪刀来。欧阳笑道：算了吧，你更记不住。

他们出发得很早，路上车不多。邹新看着欧阳律师熟练开车的样子，忽然想起那天晚上她曾说自己的车牌被交通警察扣了，就问她后来是怎么取回来的。欧阳说：当然是找熟人了。邹新说：看来在学会开车的同时，还得和交通警察做朋友了？欧阳笑道：做朋友有什么不好？即使你是个遵守交通规则的模范，有个警察朋友也是好事呀。邹新无话可说了。他觉得自己永远也敌不过欧阳律师那张嘴。

一转眼，南庄县那个特有的标志就出现在他们的眼前了。每次看到这个东西，邹新都免不了想象一番，是谁设计的？是本地秀才还是外地专家？那是一个用不锈钢铸造出来的东西，大概有10米高。下面是个像竖起来的井架一样的底座，上面顶着一个大圆球。要是再高上一倍就有气派了。

这么想着他就问欧阳：欧阳老师，你说他们为什么要在路上立着这个东西？欧阳抬头瞥了一眼，说：这还不明白，当路标。每次一看到它，我就知道南庄到了。不然很容易开过头。邹新较真说：路标肯定是后来产生的客观效果。当初设计它的人一定赋予了它某种象征意义。你说它象征什么？

象征什么？欧阳不假思索地说：就象征南庄县。

邹新不以为然：为什么象征南庄县？南庄只是个地名而已，毫无意义呀。

欧阳说：这个东西也毫无意义，无意义象征无意义。这不结了？

这下把邹新说乐了。欧阳也乐起来，她借题发挥说：世间的很多事，往往就是被你们这种喜欢琢磨的人搞复杂化了。你说是不是？像魏继武的案子，本来不该那么难弄的。邹新点头表示赞同，说：就看今天了。

前些日子他们一直在翻阅各种政策条款，找到不少有关私人投资应当获益的依据。为了确保有把握，他们又专门去了中级法院刑事庭，找到负责这类案件的周法官咨询了一下，周法官肯定地说私人投资应当予以承认。他们心里踏实了许多。之后欧阳就打电话给南庄县法院的孙庭长，向他提出了这个观点。孙庭长起初不愿听，但当他一听欧阳说，根据他们的调查取证，魏继武的贪污罪不能成立时，还是表现了某种震惊。他马上问：有什么证据吗？欧阳道：当然有。魏继武与狄跃进那家公司经营水泥生意时，因公司的资金组织不够，投入了私人的资金。这一点，检察院的起诉书完全忽略了。根据现在市场经济的规则，谁投资谁受益。如此的话，魏继武留下那一万不能算贪污。那是他正该得的一份。孙庭长听完之后沉吟了一下，不动声色地说：我看咱们还是当面交换意见比较好。

欧阳当然不会指望在电话上就能说服他。她之所以先打电话给他，是想让他对他们的观点先消化一下，等再见面谈时，就可以减少一个过程了。今天他们就是专程去见孙庭长的。只要孙庭长同意了这一观点，事情就好办了。

两人上了法院的楼，才发现来得太早了，尚未到上班时间。他们只好站在走廊上等。从走廊的窗口望出去，小城很安静，似乎还没有完全苏醒。街上行人极少，车也极少。远远近近，立着几栋装潢俗气的新楼。其中有一栋的阳台，竟然镶嵌着紫药水一样的马赛克，好像受了伤。但不管怎么说，你还是能从这些毫无整体规划的新楼中，感觉到一种生机，一种活力。

楼梯上传来脚步声。欧阳和邹新都回过头去看。

一个40多岁的男人走上楼来，和他们打了个照面。欧阳觉得面熟。男人也回头看了她一眼，这一下两人同时笑起来。欧阳先说：嗨，你好啊丁庭长！男人一边伸出手来一边说：我看着就像我们的欧阳大律师嘛，果然是你。跑到我们这小地方来干吗？办案吗？欧阳吃惊地说：你调到这儿来了？男人含笑点头。欧阳说，那肯定是当院长了？什么时候来的？男人又点头，说副院长。今天夏天刚来。欧阳笑起来：这可太好了。

欧阳给站在一边不知所措的邹新介绍说：这是中院民事庭的丁庭长，现在该叫丁院长了。我上过他的好几回庭，审案子厉害着呢。丁院长笑道：哪有你厉害哟。欧阳又向丁院长介绍说： 这是我们事务所的邹律师，跟我一起来办你们这儿民政局魏继武的贪污案。丁院长有些吃惊：你是魏继武的辩护律师？欧阳马上从他的神色中捕捉到了什么，故意问：怎么？他的案子有难度？丁院长掩饰说：我是想，这种小案子你不会接的。欧阳坦言道：魏继武是我的战友。丁院长笑道：原来是这样。那你可要注意客观哟。欧阳也笑道：你放心，我向来是以事实为依据，以法律为准绳的。丁院长说，那就好，那就好。

欧阳敏感地发现丁院长的笑容不那么随和了，回过头去，原来是孙庭长走上楼来。但孙庭长像是没看见他们三人似的，径直朝自己的办公室走去。

丁院长客气道：怎么样，到我办公室去坐坐？

欧阳说：谢谢了，今天不去，改天。改天我会专门来向你汇报我对这个案子的看法的。丁院长说，说汇报就见外了。咱们共同探讨吧。不瞒你说，这个案子院里让我直接在抓。欧阳怔了一下，笑道：那太好了。你忙吧，我先去找孙庭长交换一下意见。

丁院长复又和他们握手,并且发出那种领导通常才有的爽朗笑声:孙庭长可是个非常坚持原则的法官哟,希望你们合作愉快。

欧阳也笑道:我想会的。

二人走进孙庭长的办公室时,孙庭长正戴着眼镜在翻卷宗。看见两个律师进来只抬了一下头。欧阳丝毫不在乎他的冷淡,一脸笑容地说:孙庭长,你好,又来打搅你了。孙庭长这才从卷宗上抬起头来,没什么表情地说:哦,来了。

欧阳四处看了一下,仍是没有凳子,她就双手撑着办公桌说:我们想和你交换一下对魏继武案子的看法。孙庭长说:说吧。欧阳说,那天咱们通了一次电话,我已经把我们的主要观点告诉你了,不知你的看法如何?孙庭长说,你们的辩护词写了吗?欧阳说,没有,但我可以告诉你,我们要为当事人作无罪辩护。

这句话让孙庭长一下摘掉了眼镜,他朝后靠到竹椅背上,说:这么有把握?

欧阳道：其实很简单，关键就是一个私人投资问题。我们认为私人投资是应当予以承认并且享受利润的。魏继武在做这笔生意时，先期投入了三万五，后期又向私人借资了 10 万……

孙庭长纠正道：先期只有三万。

欧阳道：有五千虽然没有直接划到那笔生意的投资里，但也是用在业务上了。

孙庭长摆了一下手：我们只以账上为准。账上的确有他私人存入的三万元投入了水泥生意。

欧阳说：好吧，就以法院的为准。这么说你是承认私人投资了？

孙庭长答非所问地：先把你们的辩护词交来吧。

欧阳抓住不放：如果承认私人投资，那一万就该他得。

孙庭长不以为然地：这要看怎么算了。

邹新在一旁忍不住插话说：还有一点，魏继武说狄跃进当时并没有付给他七万五，只付了七万二，也就是说，魏继武当时并没有留下一万，只留下了七千。这一点我们也想提请法庭注意。

孙庭长笑道：这是不可能的，我也找过狄跃进了，他确认他是按合同付的七万五千元。再说他为什么要少付三千呢？

邹新道：因为他有20万是提前付的。他们合同上写明了，提前或推后付款，就要相应减少或增加利润。狄不可能那么糊涂。

孙庭长仍不以为然，说：好吧，只要你们能找到确凿的证据，法院就会考虑。说完他又俯下身去看他的卷宗了。

邹新见他如此有些气，说：不管怎么说，私人投资是明摆着的事实，忽略这点是不应该的。孙庭长有些不耐烦地说：是不是事实，法院自会查清楚的。你们按你们的观点去准备吧。很快就要开庭了。

一出门邹新就忍不住说，这个倔老头，他根本不听我们的解释。欧阳老师，我看我们还是得去找那个丁院长谈谈。

欧阳想了想,说,好吧,去谈谈。

欧阳这回没再和丁院长寒暄客套,直截了当地就把自己对魏继武案的观点说了一遍。出乎他们意料的是,丁院长听了并没有太大的意外,反而告诉欧阳说,她的这一观点,孙庭长已经接受了,并且向他汇报过了。

欧阳立即和邹新交换了一个吃惊的眼神。

最初我是不大同意的。丁院长坦率地说,我认为私人投资不能和集体享受同等利润。你是少量嘛,是无足轻重的嘛。见欧阳想插话,他摆了摆手,接着说,后来我仔细听了孙庭长的汇报,看了卷宗,基本上能接受这一点了。我们历来是服从真理的。他哈哈地笑起来。欧阳高兴地说:那咱们不是达成共识了吗?

丁院长把玩着手上的一支红铅笔,慢悠悠地说:问题是,就算我们承认了他的私人投资,他也不该拿那么多呀。孙庭长已经请人计算过了,他投资的那部分,应得六千多元,大约是六千七百多,反正不会超过七千元。

欧阳怔了一下,没想到孙庭长已经把工作

做到了这一步。老实说,她还没有算过这笔账呢。但她马上想到了另一点,反驳说:可是如果按他们公司的规定,就这笔业务,他还应当提取二万的奖励呢。丁院长说:那是两回事。该拿的他尽管拿,不该拿的可是一分也不能拿。欧阳说:你知道,现在是商品经济社会,要做成一笔生意,有很多事情是摆不上明处的。魏继武拿了那些钱,据我所知也是在为公司的事打点。丁院长说:这个我们已经充分理解了。那笔生意有七万五的利润,他只交给会计六万上账。五千我们已经承认他是开销在业务上了。照说这都是不应该的。可我们也知道目前社会上的种种具体情况,我们默认了。可除掉五千,还有一万。再除掉那六千多的私人利润,还有三千多。还有什么理由替他把剩下的也除掉?

欧阳一时说不上话来。

邹新忍不住插话说:我们认为魏继武没有贪污动机。他给公司做成了好几笔业务,从来没提取过奖励。这说明他不是个贪财的人。他只是不太重视财经制度。手续不够完善。丁院长笑道：所以这就是个值得吸取的教训。不认真执行财务制度是要犯错误的。一旦犯了，洗清是很难的。

欧阳接过话说：可是犯错误并不等于犯法哟。丁院长说：那当然。问题是他目前的情况已经触犯了法律。他身为国家干部，私自将公款隐瞒下来，这就是贪污。欧阳，这些你肯定比我更清楚了。欧阳沉吟了一会儿，直言道：如此看来，你们已倾向于给他定罪了？丁院长说：不能这么说，还没开庭呢，开庭审了才能定。欧阳狡黠地笑笑：这个我自然知道……我很遗憾我们没能达成共识。

你还是坚持无罪辩护？丁院长站起来说，一副送客的样子。

欧阳也站起来，肯定地点点头：当然坚持。

丁院长很和蔼地握着欧阳的手说：那我们就各尽其职吧。说实话，我也替这个同志感到惋惜。该拿的他不拿，不该拿的他偏偏拿了。这个案子之所以是我们院的重点，就在于这一点。它对所有的干部都能起到很好的教育作用。你说是不是？

欧阳抱起卷宗拿起杯子，笑眯眯地说：这些就不是我考虑的范围了。不在其位不谋其政。丁院长，你不会已经把教育材料写好了吧？

丁院长愣了一下，又纵声大笑起来：你这个欧阳呵，嘴还是那么不饶人。

走下楼来，欧阳打开车门，将手上的大包和杯子一一放进车内。她看着法院的那片依然清静的工地，沉吟着说：现在看来，狄跃进是给了七万五还是七万二这一点，变得非常重要了，直接关系到魏继武的罪名是否成立。三千元恰恰是贪污罪的起点线。

邹新说：那我们再去找那位狄老板谈谈？

欧阳说：上次我跟他谈了之后，转眼过去一星期了，他一点儿音信没有。我估计是凶多吉少……但现在也只能是死马当活马医了。

邹新闷闷地摇头道：真没想到你这个熟人比孙庭长还难对付。

欧阳慢悠悠地将车子启动，说：也不奇怪。

新官上任，他肯定想干出点儿什么来站稳脚跟。加上他是从外地来的，要想得到本地人的认可，肯定不会一上来就唱反调的。

邹新说：那你怎么知道本地人的调子是定罪？

经验和直觉。欧阳说。她一踩油门，将车子开出法院。

九

这次见面，欧阳发现魏继武瘦了很多。从拘留到现在，他已经在看守所里待了近两个月了。即使是每天好吃好喝，日子也是难过的。这种难过的滋味儿在外面的人是无论如何也体会不到的。欧阳一眼看见他的寸头上，已有了许多白茬了。

魏继武见两个律师来了，孩子似的咧开了嘴。他每天蹲在这儿，惟有律师是他可能见到的外面的人。他渴望知道外面的一切，知道案情的进展，知道亲人的情况和人们的看法。他害怕被这个社会抛弃。

欧阳我想起来了，完全想起来了。魏继武说。

三个人刚在审讯室坐下，魏继武就迫不及待地说起来。天气那么冷，他也只穿了一件毛衣，脸颊还是血红的，说话时语速很快：狄老板只给了我七万二，不是七万五。他当时在报纸里只包了七万，他说这次生意他一点儿没赚，还提前还了款，所以不能按原来的给。后来我不干，我说那你也不能少给五千呀。他才从衣服内包里又拿出一沓钱来又给了我两千。看嘛，他就是这样的……

魏继武一边说一边比划着动作，欧阳觉得他已经有些神经质了，跟祥林嫂似的。这些话他都跟她说过。但她不忍心打断他，还是让邹新把这些都记下来。虽然她心里明白没有什么用。

……你看，就是这样。魏继武比划着，他从内包进而掏出一沓钱，又数了两千给我。他当时还说，我给你添两千可以，但你要帮我贷一笔款。他知道我和信用社关系好。但是这小子尽搞歪门邪道，我不想帮他。我记得很清楚……

欧阳等他讲完了，才非常婉转地说：继武，我觉得现在咱们再纠缠这一点已经没什么用了。现在法院已经承认了你的私人投资。

魏继武说：我知道。孙庭长来找过我了。

欧阳有些意外：他怎么说？

魏继武道：他问了一些当时的情况，后来他说，就算是承认有私人投资，也承认私人应该得到利润，也没那么多。所以我才觉得不能承认狄给了我七万五。他确实没给我那么多。你要相信我。

欧阳道：光是我相信你没有用，要法官相信才行。刚才我们已经跟孙庭长谈过这一点了，他说如果我们能找到确凿的证据法院就认。问题是当时只有你们二人在场，狄跃进要是不愿为你作证的话，你一点办法都没有。现在七万五这个数，法院是确认了的，有证人证言，你们合同上也写明了，想推翻很困难。

魏继武说：狄跃进为什么不承认嘛？他应

该凭良心说话嘛。

欧阳想,哪儿来那么多良心?但她不愿告诉他她对狄的判断。她习惯把不好的信息留在自己心里,把好的信息告诉当事人。她只是对魏继武说,我劝你放弃这一点。现在咱们考虑问题,就以法院确认的七万五为出发点,好不好?不然事情反而会复杂化。

魏继武勉强地点点头。

欧阳说,我再问你一个问题,你当时留下一万时算过没有,私人的利润到底该有多少?魏继武道:我哪会仔细算嘛,我只是大概算了算,有万把块钱,就留了一万。我想以后再细算,反正还没上账。谁知乱七八糟的事情一打搅就拖下来了……

唉。他长叹一声:其实那些钱我真是全用在公司的业务上了,光是为了解决那个诈骗案,就花了三千多。我自己除了买两条好烟,什么也没沾。买好烟也是为了出去和人谈事情方便。上次我和检察院谈的时候,报出了好几笔业务费,可他们说和这次生意无关的他们不管。但是对我来说都是一揽子的事，都是为了公司的业务。

欧阳站起身来，郑重地说：继武，也许我们不会再来见你了。有两点我再跟你重申一下，你记住了：一是就事论事，不要扯到案情以外去，扯得越复杂对你越不利；二是利润的数目，就以法院认定的七万五为准，不要再去纠缠狄跃进少给了三千的事了。因为除了你自己，没人替你证明。

魏继武一一点头答应，说：我记住了。我就靠你了。欧阳。

欧阳说：我们会尽力的。但你也要有思想准备，很可能我们会失利。当然，我说的失利并不是完全失败，而是没有彻底胜利。就是说，法院认定了私人投资后仍判你有罪，只是判得较轻而已。如果那样的话，你上诉吗？

魏继武毫不犹豫地点头道：上诉。

唐文娟跟他们说话时，不自觉地将窗帘拉上了。

她轻声对两个律师说：昨天她托人去找了

那个管魏继武案子的法官，那个法官跟她讲，就算是承认私人投资应当获利，也没那么多，只有六千多。万局长说继武写给他的材料里说，狄跃进没有给他那么多钱。

邹新觉得她说话时几乎没振动声带。他也放低了声音说：狄跃进少付了三千元的事，欧阳律师已经想到了，我们也相信他。问题是让那个狄老板出来证明这一点很难。那天我们找他谈……欧阳忽然打断他，对唐文娟说：嫂子，你们和狄跃进有没有点儿亲戚关系？间接的也行。找人做做他的工作。唐文娟说：他不是我们县的，他是从隔壁赵县倒插门过来的。欧阳说：倒插门也该有亲戚呀。唐文娟想了想，摇头道，可能找不出来。继武出事以后，好些人都不和我们来往了，有来往也偷偷摸摸的。文丽插话说：好像我们有传染病似的。

邹新看看欧阳，发现她有些失望。虽然刚才她已经对魏继武说，不要再纠缠狄跃进少给三千元的事，但实际上她还是想再努力努力，通过旁人做做狄跃进的工作。现在看来这条路很难走通。

文丽说：今天我遇见一个检察院的熟人，他悄悄跟我说，他觉得我姐夫的案子有点儿冤枉。他建议我们去找县里的政法委书记谈谈。我想我们去谈没什么用。欧阳律师，你们能不能去找他谈谈？

欧阳说：行啊，如果能见到他的话，我当然愿意跟他谈谈。

文丽说：今天县里开三级干部会，晚上在新开张的跃进酒家聚餐。你上那儿去找，肯定能找到。万局长也在那个会上，到时候让万局长介绍一下。

欧阳说：好的。下午我们还是先去找狄跃进，再谈谈看。晚上去见政法委书记。嫂子是不是先和万局长联系一下？

唐文娟马上去打电话。

万局长很快回了传呼，说好下午5点半的样子，在跃进酒家门口等他们。

看看事情说得差不多了，唐文娟说：咱们出去吃饭吧？平时来客人都是继武下的厨房，我还真不会烧菜呢。说着眼圈又红了。欧阳想起上次吃饭的情形,说,我看就在家里吃好了,简单点儿。唐文娟不好意思地说,这些天没有心思,家里菜都没买。文林马上站起来说:我回去拿点来。

文林走后,唐文娟感叹地说,这些日子全靠文林文丽了,不然她真不知该怎么过了,女儿每天中午都是在文丽家吃的饭。老母亲那边,还不知能瞒到什么时候呢。一晃已经两个多月了。

欧阳安慰道:快了快了。我想过年前总会开庭的。

一直沉默的邹新忽然说:欧阳老师,我看我们应当从计算上入手。

欧阳一时摸不着脉:什么计算?

邹新有些兴奋地说:刚才我一直在想,魏继武说他当时留下一万时,只是大概算了算。那么他的"大概"是怎么算的呢?能不能有个令人信服的说法?他第一次拿出三万五,第二次是10万,两次加起来是13万5……

欧阳提醒道：你别忘了，孙法官只承认前期的三万，不承认三万五。

邹新说：就算前期三万，加起来也是13万，整个投资是60万，私人投资几乎占了五分之一，也就是20%左右。七万五的20%，应该有……邹新边说边拿出纸笔计算起来，居然有一万五！

唐文娟和文丽听着，也兴奋起来。四个脑袋一起凑在那张纸上看。

那么法院的六千多是怎样算出来的呢？几个人分析了一下，可能是按时间长短严格计算的。60万盈利七万五，平均每万元盈利1 250元，前期的三万按同等利润算，可得3 750元，后面的10万元投入的时间短，只能得3 000元的利息，加起来一共是6 750元。显然，法院的计算更为准确。

欧阳沉吟道：就算法院计算的准确，魏继武计算的不准确，那也只是计算上的错误，而不是有意违法，对不对？他毕竟有个私人投资的前提。我想我们可以在这一点上再做做文章。对了，下午我们再去找他，找孙庭长。

整个下午，欧阳和邹新都在碰壁。

先是在孙庭长那儿碰壁。当他们拿出自己的观点和计算方法时，被孙庭长毫不客气地驳回了。孙庭长说：绝不可能那样计算的。后期为还贷款借的那10万，只借了10天，怎么也不可能享受整个投资的同等利润。邹新争辩道：魏继武的借条上写的是借一个月。孙庭长说：他那种借条本来是不具有什么法律效应的，我们能据此承认他的确以私人名义借过钱就不错了。现在这个数字也不是他个人随便算出来的，是专门请了几个人算的。

欧阳马上打出第二张牌：就算是你们的计算方法正确，魏继武的不正确，那魏继武不也只是犯了个计算错误吗？他当时只是算了个大概，没算那么仔细。计算错误和违法完全是两码事。他毕竟有个私人投资的前提。孙庭长仍丝毫不让步：他算了大概我们可不能算大概，我们执法的人在每一个细节上都必须仔细认真，这一点你们当律师的应当明白。接下来他又狡黠地说，其实你心里肯定清楚，他当时并没有算，因为他没把这个钱当回事。

欧阳无话可说了，她不得不承认这个倔老头抓到了问题的症结，但她不能认输。她又打出了那张打过的牌：假如狄跃进并没有付给魏继武七万五，只付了七万二，也就是说，魏继武当时并没有留下一万，只留下了七千呢？孙庭长笑道：不存在这个假如。你们那次说了之后，我又去找过狄跃进了。他还是确认他是按合同付的，七万五。你们找到新的证据了吗？

在孙庭长那儿碰了个"铜墙铁壁"，欧阳和邹新又回过头来，重新把希望寄托在狄老板的身上。可他们满世界找狄跃进，就是没找到。又碰了个无形的壁。

虽然欧阳嘴上一直说对狄跃进不抱什么希望，但心里是存有那么一线希望的。她期望着这位老板能动恻隐之心，承认那个事实（现在以她的判断，她已确定魏继武说的是事实了）。这种承认对他并没有什么损失，对魏继武的意义可就大了。但一个下午，她和邹新都没能见着这位神通广大的狄老板。打他的传呼,他也不回。邹新怀疑他跑掉了,欧阳却觉得不太可能,他跑什么跑?他又没犯法。

欧阳无论如何没想到,这位狄老板会和政法委书记出现在同一个地方。这对她真是个不小的打击。并不是说她对政法委书记寄予了多么大的希望,也不是说她还指望着狄跃进,而是觉得自己怎么就没想到这家新开张的"跃进酒家"就是狄跃进的?这实在是不应该。当她走到跃进酒家门口,一眼看见狄跃进时,一种失算的感觉立即控制了她的心情。

狄跃进春风满面,主动和她打起了招呼:欧阳律师,是来祝贺我开张的吗?

欧阳努力控制着自己的情绪,笑道:你并没有邀请我呀。

狄跃进的神情和上次见到的已大不相同,腰都直了不少:那你肯定是来找我取证的了?可惜我现在没空。今天所有的领导都在我这儿吃饭,楼上摆了十几桌,忙得很。再说我的证词还和原来的一样,你看还有必要吗?

邹新见他如此张狂,说:当然有必要。我们还有新的问题要问你。

狄跃进说:那等我有空了吧。

正在这时,万局长和严副局长一起走过来。欧阳撇开狄跃进,主动上前打招呼说:万局长,严局长,你们好。万局长显得颇为惊讶的样子,说:这不是欧阳律师吗?是来找我们吗?欧阳说:不,我们是来找政法委书记的,想跟他汇报一下案子的情况。万局长"噢"了一声,又问:找到人没有?欧阳说:我们不认识。这不正想请你们给介绍一下吗?万局长征询地看着严副局长,说:那咱们就带欧阳律师上去一下?严副局长想了想说:还是把书记叫下来吧。他转头喊道:小狄,你给找个地方。

一直站在他们身后的狄跃进马上说:没问题,严局长。

欧阳忽然觉得很沮丧,对接下来的谈话失去了兴趣。不过她还是耐着性子、控制着情绪,照原计划和那位政法书记谈了自己的想法。

政法委书记一直没有多说什么,除了点头

嗯啊之外，只在最后讲了几句完整的话。他说检察院和法院都已向他汇报了案情，县里对这个案子也是非常重视的。县委打算专门召开会议研究。后来他又特别强调说，现在检察院和法院开展工作都很不易，一个小地方，大家彼此都熟悉，要抹开情面才行。比如负责这个案子的钱检察官就有很大的压力，有人说他专整熟人，日子很不好过。可总得有人来做这些工作吧？不然我们党的这项重要任务怎么完成？我们当领导的，就要为这些同志撑腰。当然了，你们律师的观点，我们也会认真考虑的，大家都是为了完成党的任务嘛。

欧阳奇怪他为什么总要把法律上的事扯到党的任务上？不过她也懒得去琢磨了。琢磨也没用。她想，这个案子看来在南庄县是很难达到预期目的了，恐怕只有上诉到中院才行。但如果上诉的话，魏继武就得继续在看守所待下去，不知他是否还能忍受？还有他的家人……她侧脸去看邹新，发现小伙子也有眼无神地盯着政法委书记，不知在动什么心思。他们下一步该做什么呢?似乎该做的都做了,只剩下写辩护词了。政法委书记的话讲完了。欧阳重新将笑容浮在脸上,与政法委书记握手告别。

走出酒店,欧阳发现暮色已将小城笼罩了。毕竟是小城,大街上已无甚行人,只有身后酒店还透出热闹非凡的灯光和隐隐约约的笑声。

两人沉默无语地上了车。

邹新忽然笑道:真是像你说的那样,欧阳老师。看上去魏继武有无数个理由可以拿那一万元钱,可一旦认真起来,一条都行不通。

欧阳说:这种看似简单的案子实际上是最难的。

欧阳将车启动,把着方向盘,眼睛盯着车灯照亮的路,说:不过我们不能泄气。现在我们来理一理思路,我说我们的观点,你说法院的观点,看还有什么路可走。邹新说:好的。你先说。

欧阳:第一,私人投资应该予以承认,这是最明确的,法院也认了的。接下来,私人投资应当享受同等利润。

邹新：法院认为后期投入的10万不能享受同等利润。按法院的计算，私人的利润只有6 750元。就是说，他贪污了3 250元。

欧阳：可是被告当时并没仔细计算，他只是大概算了一下，就留了一万。因为粗一算的话，被告先后投入了13万，占整个投资的20%，留一万是很正常的。何况他在投资中承担了很大的风险。

邹新：法院只重事实，不考虑当事人的心情。法院得出的这一数字是经有关部门严格计算的。

欧阳：第二，被告做成这笔业务后，按规定本可以得到两万的奖励，他拿的一万并未超出这一数额。

邹新：法院认为这是两码事。要拿奖励也应当在全部利润上账后再拿。

欧阳：可是由于公司的特殊情况，近半年来一直没有做账。

邹新：那至少也应当向领导汇报，和公司的财会人员通气。而不能私自隐瞒。

欧阳：被告并不存在私自隐瞒的问题，是他主动向检察机关说出这一事实的。再说他也隐瞒不了，双方的合同上都写明了利润是七万五。

邹新：……

欧阳：第三，被告在这次的水泥生意和以往的生意中，从没拿过一分钱的奖励，这说明他不是个贪财的人，或者说他没有贪污的动机，他只是没有严格遵守财务纪律。是犯了错误而不是犯法。

邹新：……

欧阳：第四，行为是否具有社会危害性是区别罪与非罪的一个重要条件，被告在公司资金缺乏的情况下，冒着个人利益的风险积极组织资金，保证了公司利润的顺利实现，使公司在短短的时间里获取了六万元的利润，这种于公有利于社会无害的行为何罪之有？

邹新终于笑起来：如果我是法官，我就会宣布被告无罪，对辩护律师的无罪辩护予以支持。

欧阳也笑起来：可惜你不是法官。不过，我现在脑子里已有个比较清晰的思路了。看来咱们在讲道理上有优势，在具体的事实上没有优势。他死咬住一个六千多，你就没办法。

邹新说：要我看，我们也死咬住 20% 的利润不放，坚持计算错误。

欧阳沉吟道：20% 毕竟太多水分，看能不能有别的出路？比如说，如果我们坚持魏继武前期的投入是三万五呢？

邹新马上算起来：如果前期是三万五，享受同等利润的话，该得 4 375 元，后期的 10 万按法院的算法该得 3 000 元。加起来就有 7 375 元。那么剩下的就只有 2 250……邹新兴奋起来：对呀，两千多不就好办了吗？

欧阳点点头，说：不过，要让法院承认那五千也是前期投入，是非常困难的，就好像让狄跃进承认他少给了魏继武三千一样。他们不会轻易否定自己的。

邹新建议道：我们再去找孙庭长，试试看。

欧阳道：不，现在不能去。现在我们只有

论点没有证据，肯定又会被法官大人碰回来的。得先努力一下，看能不能找到那五千元用在水泥生意上的证据。谁主张谁举证嘛。

汽车在两人的讨论中离开了南庄，在夜色中向省城驶去。

十

转眼元旦已过，新的一年开始了。

唐文娟在苦熬了四个月后，终于等到了开庭。

这天早上不到5点她就起来了。昨天夜里她一直睡得恍恍惚惚，好像睡着了又好像醒着，脑子里翻来覆去老是浮现着欧阳律师的话。

昨天欧阳律师打来电话，让她做好定罪的思想准备。她说最后的结果可能是判一年，缓一年。

其实这些天唐文娟也听到这个消息了。告诉她的人还说，这已经是很不错的结局了，只要魏继武服判，很快就可以回家了。她问欧阳，判一年缓一年是不是就可以回家了？欧阳说，是的。判决生效后就可以回家了。唐文娟松口气，说，这样的思想准备我有。我一直在想，他这回不可能一点儿事没有，那些人不会就这样放过他的。这个我很明白。欧阳说是啊，我也从没碰到过这样的案子，3 250元的贪污案。光是对私人利润的计算方法，我们就和法院讨论过几次，可怎么也说服不了他们。前期他们只认三万，不认三万五。不认那五千的话刚好就把他卡住了。不过我们还是准备以三万五的计算来为继武辩护，我们已经找到了当时那五千业务费的一些发票和证据……我想继武要是早知道他用自己的钱给公司垫支业务费，到头来却不被承认，他一定不会这么做的。唐文娟说，不，他肯定还会这么做的。他当时一门心思想为公司做成一笔生意，根本没想以后的事，我想他该知道自己不是个做生意的人了。

唐文娟问欧阳，你说继武知道这个结果会

不会服判？欧阳道：我想他不会服的。上次我问他时，他就说要上诉。唐文娟说，我也估计他不会服。如果他不服要求上诉的话，就不能回家，是吗？欧阳道，是的。所以我想问问你们家里人的意见。明天就要开庭了。宣判后七日之内要决定是否上诉。那你怎么看？唐文娟反过来问她。欧阳回答说，从律师的角度讲，我当然是尊重当事人的意见。他要上诉我就帮他打下去。到中院来打我更有信心。但从朋友的角度讲，我又不能不把可能出现的情况都告诉你们，就是说如果再打二审的话，你们得有思想准备，他可能还得关上大半年。

听到这话唐文娟不寒而栗。过去的几个月，已经让她度日如年了，如果再关几个月，她不知将如何承受？还有年迈的婆婆，幼小的女儿……可是丈夫那个倔脾气，她也是知道的，他最看重的就是名声。她一时不知如何回答欧阳了。最后她只好说，我听继武的。他要上诉，我就支持他。

夜里睡不着时，唐文娟忽然觉得她不能再

忍受这样的日子了。眼看着就要过年了，没有继武，他们这个家怎么过年？她怎么向年迈的婆婆解释？她忽然想，还是给丈夫写封信劝劝他吧，劝他忍下这口气算了。都40多岁的人了，何苦呢。反正她和女儿在任何情况下都是不会离开他的。

想定后，唐文娟就一早爬起来给丈夫写信。不管丈夫什么态度，也该让他知道她心里的想法。

吃过早饭，唐文娟和女儿一起出了门。女儿去学校。眼下学校正面临着期末考试，唐文娟生怕女儿影响了学习，没告诉她今天开庭的事。看着女儿进了校门，她才回转头来往法院走。

雾很大，几米开外就看不清楚人了。这里的冬天总是有雾。唐文娟有些担心，不知欧阳律师他们路上顺不顺利。尽管已经知道了结局，她还是期待着欧阳律师他们在法庭上给丈夫做出有力的辩护。她需要这个，丈夫更需要这个。她抱着军大衣，军大衣里装着她早上写好的信，步履匆匆地在她熟悉的小城里走着。

县法院的小院里已经站了不少人。唐文娟看见了文丽文林阿楠他们，还看见了一些民政局的家属和公司里的人。律师老张也来了。她走过去和他们一一打招呼，心里很感动。老张说他是来向欧阳律师学习的。文丽则小声告诉她：黄林今天不能来。她连忙说：他当然不要来。反正今天的情况，大家都知道了。

法院旁边的工地已经开工。从挖开的地基看，新楼不会低，至少在七层以上。一座几十米高的铁架也竖了起来，大概准备打桩。工地上的几个民工散散地站在那儿，好奇地看着他们。

法院的通知上写着8点30分开庭，眼看着马上就要到开庭时间了，唐文娟有些焦急，正想到马路上去看看，就见欧阳律师的红色小奥拓开了进来。她长长地松了口气，连忙迎了上去。

欧阳和邹新一起走下车来。唐文娟发现今天欧阳律师显得特别神采奕奕，一件黑色的长风衣，配了一条色彩鲜艳的纱巾，脸上化了淡妆，头发也梳理得十分精神。真像个大律师的样子。她心里顿时多了几分宽慰。

路上顺利吗？她迎上去问。邹新说：就是不顺。雾太大了。本来我还想练练手艺的，一看这么大雾只好算了。欧阳说：等回去雾散了我就让你开。唐文娟问：邹律师也会开车了？邹新说：刚学的，花了一个星期的时间拿了个实习驾照。唐文娟想：日子在别人那儿多有滋味呀，该干什么就干什么。邹新又说：回去的时候有一件事别忘了。欧阳问什么事？邹新得意地笑道：我今天记着带剪刀了，剪芦苇。欧阳乐了，说：恐怕已经不行了，凋谢了。邹新奇怪地问：芦苇也会凋谢？欧阳说：当然，它也是有生命的嘛。生命总逃不脱凋谢的命运。唐文娟不知道他们在说什么，但她能感觉到他们在说一些有意思的事。

欧阳握着她的手，说：想好了吗？她点点头，轻声说：我和文丽他们都想他早点儿回来。我写了封信给他，把我们的意思告诉他了。等会儿你也劝劝他好吗？欧阳说：等会儿完了再说吧。你放心，无论怎样，我和邹律师都会尽全力辩护的。今天有这么多旁听的人，就是为了继武的荣誉，我们也会据理力争的。

邹新也用力点头，像是很有信心的样子，他说：我们已经做了充分的准备。辩护词都写了好几页。

这时，检察院的车开来了，几个检察官跳下车来，接着下来的是魏继武。唐文娟一眼看见了自己熟悉的身影，就下意识地迎了上去。她一直走到他的身边，但魏继武眼睛看着别处。不知他是看见她了还是没看见。

你冷不冷？她在他身后问，同时把大衣递过去。

不冷。魏继武简短地答了句，眼睛依然看着别处。显然他知道是妻子站在身后。唐文娟一眼看见了他头上的白发，看见了他满脸的憔悴。几个月不见，他的变化实在是太大了。她的眼圈红了，双手仍把大衣向前递着。魏继武没接。站在旁边的检察官钱建设将大衣接了过去，塞到魏继武的手里，说：嫂子给你的衣服，穿上吧。魏继武生硬地转过身去，说：我不要，我不冷。

唐文娟眼里含着泪，不知所措地站在那儿。欧阳走上来，接过大衣塞进魏继武的怀里，笑着说：继武，都这会儿了，还那么犟？

魏继武勉强地将大衣抱在了手上，依然不看妻子，跟着检察官进了法庭。

欧阳转头和钱建设打招呼，说：你就是钱建设吧？听说咱们是战友呢。钱建设没什么表情地说：我也听说了。不过我看着你面生。欧阳道：那当然，我那个时候默默无闻，不像你那么活跃，你一看电影就"咬"我们。这话把钱建设说笑了。他说：我还以为你会来找我交换意见呢。欧阳说：你这么坚持原则，找你不是让你为难吗？钱建设说：当然，这不是我个人说了算的事。欧阳笑道：所以咱们还是公事公办吧。钱建设说：不过我听说你要为他作无罪辩护，还是感到不可理解。欧阳笑道：这有什么不可理解的？你对魏继武如此不讲情面我都能理解，我为当事人辩护就很难理解吗？钱建设有些尴尬，不再说什么了。

唐文娟在一旁听到这两人的对话，心里暗暗高兴。这个钱建设显然是说不过欧阳律师的。

这时，孙法官他们从楼里出来了。大家跟随着他，鱼贯而入，进了法庭。

所谓法庭，就是一间旧平房。唐文娟打量了一下，猜想原来一定是作仓库用的，因为四面墙上有百叶窗，正中的百叶窗上，挂着国徽。国徽下摆着一排桌子，孙法官在桌子正中间坐了下来，衣冠整齐，面无表情。不过他的左右却不是法官，而是两个老头，他们面前的牌子上写着"人民陪审员"。右边的桌子上，欧阳律师和邹新律师已经铺开了卷宗，正窃窃低语，与他们相对而坐的，是钱建设和另一位表情严肃的检察官。

因为有雾，屋里的光线很暗，只好开灯。天花板上的五只灯泡坏了三只，只有两只还亮着。旁听的人悄无声息地在几条木凳上一一找好位置坐下。大家都不自觉地严肃起来。除了咳嗽,没人说话。

唐文娟坐在了最前面一排的椅子上。她的身旁是文丽、文林和阿楠。她的前面,是背对着她站在那儿的丈夫。丈夫已穿上了大衣。

开庭了。

打桩的声音也同时响了起来。

图书在版编目（CIP）数据

正当防卫/裘山山著.-上海：上海文艺出版社.2017.5
（小文艺·口袋文库）
ISBN 978-7-5321-6287-1
Ⅰ.①正… Ⅱ.①裘… Ⅲ.①中篇小说—小说集—中国—当代
Ⅳ.①I247.5
中国版本图书馆CIP数据核字（2017）第064923号

发 行 人：陈　征
出 版 人：谢　锦
责任编辑：陈　蕾
封面设计：钱　祯

书　　名：正当防卫
作　　者：裘山山
出　　版：上海世纪出版集团　　上海文艺出版社
地　　址：上海绍兴路7号　200020
发　　行：上海世纪出版股份有限公司发行中心
　　　　　上海福建中路193号　200001　www.ewen.co
印　　刷：山东临沂新华印刷物流集团有限责任公司
开　　本：760×1000　1/32
印　　张：6.125
插　　页：3
字　　数：77,000
印　　次：2017年5月第1版　2017年5月第1次印刷
I S B N：978-7-5321-6287-1/I.5017
定　　价：25.00元
告 读 者：如发现本书有质量问题请与印刷厂质量科联系　T：0539-2925888

—— 小文艺·口袋文库 ——

报告政府	韩少功
我胆小如鼠	余　华
无性伴侣	唐　颖
特蕾莎的流氓犯	陈　谦
荔荔	纳兰妙殊

二马路上的天使	李　洱
不过是垃圾	格　非
正当防卫	裘山山
夏朗的望远镜	张　楚
北地爱情	邵　丽

群众来信	苏　童
目光愈拉愈长	东　西
致无尽关系	孙惠芬
不准眨眼	石一枫
单身汉董进步	袁　远

请女人猜谜	孙甘露
伪证制造者	徐则臣
金链汉子之歌	曹　寇
腐败分子潘长水	李唯
城市八卦	奚　榜

小说